Lucifer, mon grand-père

**Illustrations
de Geneviève Guénette**

la courte échelle

Les éditions de la courte échelle inc.

Les éditions de la courte échelle inc.
5243, boul. Saint-Laurent
Montréal (Québec) H2T 1S4

Direction littéraire et artistique :
Annie Langlois

Révision :
Simon Tucker

Conception graphique :
Elastik

Mise en pages :
Mardigrafe inc.

Dépôt légal, 3ᵉ trimestre 2003
Bibliothèque nationale du Québec

La courte échelle reconnaît l'aide financière du gouvernement du Canada par
l'entremise du Programme d'aide au développement de l'industrie de l'édition
pour ses activités d'édition. La courte échelle est aussi inscrite au programme
de subvention globale du Conseil des Arts du Canada et reçoit l'appui du
gouvernement du Québec par l'intermédiaire de la SODEC.

La courte échelle bénéficie également du Programme de crédit d'impôt pour
l'édition de livres — Gestion SODEC — du gouvernement du Québec.

Données de catalogage avant publication (Canada)

Rousseau, Paul

    Lucifer, mon grand-père

    (Mon roman ; MR2)

    ISBN 2-89021-650-0

    I. Guénette, Geneviève. II. Titre. III. Collection.

PS8585.0853L72 2003   jC843'.54   C2003-941104-4
PS9585.0853L72 2003

Paul Rousseau

Né à Grand-Mère, Paul Rousseau est journaliste et chef de pupitre au réseau de l'information RDI à Québec. Il est l'auteur de quelques livres pour les adultes, dont le recueil *Micro-Textes*, pour lequel il a obtenu le prix Octave-Crémazie en 1990, et le roman *Yuppie Blues*, qui a reçu une mention spéciale du jury du prix Robert-Cliche en 1993. Pour écrire ses romans jeunesse, il s'inspire des aventures de ses enfants et de leur soixantaine d'amis… à deux et à quatre pattes. *Lucifer, mon grand-père* est le troisième roman qu'il publie à la courte échelle.

Geneviève Guénette

Geneviève Guénette a étudié en design et en graphisme. Elle a été tour à tour directrice artistique pour des jeux interactifs, créatrice de décors pour des films d'animation et illustratrice. Dans ses temps libres, Geneviève fait du parachute. Elle a même son brevet de pilote d'avion. *Lucifer, mon grand-père* est le premier roman qu'elle illustre à la courte échelle.

Paul Rousseau

Lucifer, mon grand-père

Illustrations
de Geneviève Guénette

la courte échelle

À François et à ses sœurs

1

Entre ciel
et terre

— Plus haut !

— Facile à dire ! grogna Alex en se rétablissant tant bien que mal après une boucle vaguement ratée.

Déjà, sa planche à roulettes jaune vif l'entraînait vers une nouvelle descente au creux de la rampe en demi-lune.

— C'est ça, donne-toi un meilleur élan et plie les jambes une fois dans les airs. Souviens-toi ! Le secret pour bien réussir les figures, c'est l'altitude.

Telle une minifusée en culottes courtes,

Alex remonta la paroi à la vitesse supersonique et surgit de la demi-lune en tournoyant dans les airs. Un instant suspendue, la fillette plia les genoux, agrippa d'une main le nez de sa planche et compléta une superbe pirouette arrière. Elle atterrit ensuite lourdement en bordure de la rampe.

Un gros garçon à la casquette de travers la rejoignit en soufflant.

— Mieux, Alex, beaucoup mieux ! Mais tu devras monter encore plus haut lors de la compétition de demain.

La fillette retira son casque et le jeta avec rage par terre, dévoilant ses cheveux courts d'un roux flamboyant.

— J'y arriverai, Sam ! Tant pis si je dois m'entraîner toute la journée et toute la nuit !

Le garçon joufflu, habitué aux sautes d'humeur de son amie, récupéra le casque et s'assit tout bonnement dessus.

— Il n'y a pas de meilleur acrobate que toi, Alex. Par contre, il faut être réaliste : tu ne fais pas le poids !

La rouquine rougit jusqu'à la racine des cheveux. On aurait cru que sa tête était en feu.

— Tu sais bien ce que je veux dire : tu es trop légère ! s'empressa d'ajouter Sam. Tu n'as que douze ans et tu affrontes des garçons de quinze à seize ans, qui sont plus grands, plus lourds. Ils peuvent se donner des élans puissants et sauter plus haut, c'est sûr.

— Je ne fais pas le poids ou je suis trop légère, ça revient au même, ronchonna Alex.

— Crois-moi, les questions de poids, ça me connaît, conclut Sam, avec un rire gêné.

La colère de la fillette s'évapora pour être aussitôt remplacée par une bouffée de pitié pour son copain. Sam était un vrai maniaque de la planche à roulettes, mais son embonpoint l'empêchait de pratiquer cette activité à son goût.

— Excuse-moi, Sam. Je ne sais pas ce que j'ai, ces jours-ci, un rien me met hors de moi. C'est sans doute à cause de cette chaleur ! Et puis, il y a la compétition qui m'obsède. J'apprécie beaucoup ton aide, tu sais.

— Tu es une vraie championne, Alex. Un jour, pas si lointain, tu les battras tous. Tu seras la meilleure de la ville entière !

La fillette se permit un sourire.

— Merci de tes encouragements. Mais moi, je voudrais gagner dès demain.

— Alors, au travail! lança Sam en se relevant. Tiens, ton «protège-cerveau». J'espère ne pas l'avoir trop aplati.

Au moment où la petite rouquine allait s'emparer du casque, une ombre apparut aux pieds des deux amis. Un long adolescent entièrement vêtu de noir et qui, lorsqu'il le voulait, répondait au nom de Spike approchait en poussant du talon sa planche bariolée.

— Allez, ouste! La récréation est terminée, les enfants. Laissez la place aux professionnels.

— Viens, Alex, couina Sam, soudain blanc comme neige. On s'en va.

— Pas question! Le parc de rouli-roulant est à tout le monde, à ce que je sache!

Le grand gars souleva ses sourcils chargés d'anneaux, retroussa la manche de son t-shirt, qui était retenue par des épingles de sûreté, et toisa la petite rousse qui osait lui faire face, les poings sur les hanches.

— Hé! Retourne dans ton bac à sable. J'ai une compétition à préparer.

— Moi aussi, tu sauras ! grinça Alex en croisant les bras. Si tu crois que tu m'impressionnes, Spike, avec tes grands airs.

— Viens, je te dis, glapit Sam, en essayant de se faire minuscule. Surtout, ne l'écoutez pas. Elle n'est pas dans son état normal.

— Vous entendez ça, les gars ? Il y a un bébé en couche-culotte qui veut se mesurer à nous !

Des rires et des cris fusèrent derrière eux. Le reste de la bande de jeunes, qui depuis le début de l'été imposait sa loi au parc de rouli-roulant, les encerclait maintenant.

— Un bébé fille en plus ! Comme si les filles avaient leur place au parc de rouli-roulant.

Un concert de rires moqueurs accueillit la nouvelle.

— Bande de salauds ! Je vais vous montrer ce dont est capable une fille ! rugit Alex en sautant à pieds joints sur sa planche.

D'un élan rageur, elle s'élança dans la demi-lune.

— Ton casque ! hurla Sam.

Son cri se perdit sous les huées et les sifflements des grands.

Déjà, la rouquine atteignait le fond de la demi-lune à une vitesse maximum. Mais sa trajectoire l'entraînait trop près de l'extrémité de la rampe.

Sam eut l'impression que le reste de la séquence se déroulait au ralenti. Alex rata complètement son saut, échappa sa planche à roulettes et atterrit sur le ciment… tête première.

Sam ne put retenir un cri en voyant son amie s'écrouler sur le sol.

Et comme si ce n'était pas suffisant, la planche à roulettes, qui continuait à foncer toute seule vers le ciel, retomba sur le crâne de la fillette avec un bruit sourd.

Le gros garçon se précipita au bas de la rampe.

— Si mes concurrents se mettent à s'éliminer d'eux-mêmes… ricana Spike.

— Alex ! Parle-moi ! cria Sam en tapotant la joue de son amie.

La fillette restait molle, les yeux fermés, la bouche ouverte.

Un cycliste, témoin de la scène, s'agenouilla près d'elle et entreprit de tâter son pouls.

— Elle a perdu connaissance, s'inquiéta Sam.

— Regardez-moi cette bosse ! s'écria le bon Samaritain. Le choc a dû être terrible.

Cachée dans la frange de la tignasse rousse émergeait une enflure rosée. Le crâne bombait d'au moins deux centimètres à cet endroit.

— Et il y en a une exactement semblable de l'autre côté, constata le cycliste. Il n'y a pas une minute à perdre ! Il faut la transporter à l'hôpital !

— Dégagez-moi ça, j'ai ma compétition à préparer, dit Spike en crachant par terre.

* * *

Alex avait l'impression de se trouver sur un nuage. Elle reposait dans des draps d'une blancheur immaculée, sur un lit moelleux comme de la ouate, encadré de murs clairs. En plus, les deux personnes qui chuchotaient à son chevet étaient vêtues de couleurs pâles.

— Vous avez examiné les radiographies de la boîte crânienne et l'encéphalogramme ? demanda l'infirmière au médecin chauve.

— Mouiii. Tout est normal, répondit le médecin d'une voix terne. Avec une commotion de cette nature, il faudra la garder sous surveillance jusqu'à demain au moins. Vous en informerez sa mère qui attend dans le couloir. Notre jeune patiente devrait ressentir des maux de tête pendant quelques jours encore. Originales, ces deux enflures identiques, n'est-ce pas ?

— Étranges, en effet, docteur, s'excita l'infirmière. Vous savez à quoi elles me font penser, disposées de cette façon, de part et d'autre du crâne, à la racine des cheveux ?

— Hum... À quoi ?

— On dirait deux... cornes.

Le visage de marbre du médecin se fendit d'un sourire éclatant.

— Vous avez raison.

Alex entrouvrit les yeux. Elle vit un médecin chauve qui souriait de toutes ses dents et une petite femme au visage rond qui agitait ses index de chaque côté de sa tête.

— Hu, hu, hu… J'en conviens parfaitement, chère amie. J'ai bien envie de vérifier la consistance de ces protubérances.

Alex sentit la moutarde lui monter au nez.

— Non mais, vous avez fini de me tâter ?

L'homme et la femme en blanc sursautèrent.

— Notre gentille malade est de retour parmi nous, déclara le médecin en reprenant son sérieux.

L'infirmière voulut lui prendre la main. La fillette la repoussa.

— Tu nous as donné une belle frousse ! Une violente chute, à ce qu'il paraît. La publicité en faveur du port du casque protecteur, ça ne sert donc à rien ?

La mémoire revint à la rouquine comme un coup de tonnerre. L'entraînement en vue de la compétition de planche à roulettes ! Le harcèlement de la bande des plus vieux ! Sa glissade, sa chute et le grand vide qui s'ensuivit.

Elle fit voler ses couvertures d'un coup de pied.

— Vite ! Je dois aller m'entraîner !

— Tu n'iras nulle part ! gronda l'infirmière en la retenant sur son lit.

— Je crois qu'une nouvelle dose de sédatif s'impose, décida le médecin en prenant une seringue sur un plateau de métal luisant.

La rouquine se débattit à la vue de cette aiguille argentée qui approchait de son bras.

— Voulez-vous me lâcher ! Je dois retrouver Sam. Je dois…

L'aiguille s'enfonça dans la chair.

— … je dois…

Les yeux d'Alex se voilèrent. Elle s'endormit, après un dernier sursaut.

L'homme et la femme veillèrent un moment sur la fillette à la tignasse de feu.

— On dirait maintenant un ange, vous ne trouvez pas, ma chère ?

— Un petit ange cornu, oui !

* * *

Au même moment, dans les entrailles de la Terre, une étrange activité régnait à des profondeurs encore insoupçonnées.

Une foreuse géante venait d'éternuer dans la roche, soulevant un nuage de poussière et de débris. À la manière d'une immense taupe métallique, elle dégagea son nez tirebouchonné de la paroi en expulsant des résidus de pierres extrêmement dures : du granite et du basalte.

La mèche de la foreuse, en se retirant, laissa voir une minuscule ouverture au fond du puits de mine. Un faisceau de lumière rougeoyante en émanait. La pierre aux alentours adoptait la couleur du feu.

— Quelle chaleur tout à coup ! Vous voulez vraiment arrêter ici ? demanda l'opérateur en essuyant son front luisant du revers de son avant-bras musclé.

À ses côtés, sur la banquette de la cabine de la foreuse géante, un jeune cadre à lunettes tenait ses mains en pointe sur la tête et semblait acquiescer à un interlocuteur lointain.

— Patron ? Allons bon, le voilà à nouveau dans une de ses transes.

Passe encore que, depuis des semaines, le patron leur impose des heures supplémentaires pour creuser des puits isolés à des profondeurs inouïes, mais l'ouvrier ne parvenait pas à s'habituer à voir son supérieur faire ces simagrées incompréhensibles.

Parfois, comme maintenant, le patron plaçait ses mains sur la tête. Le plus souvent, il tendait les bras vers le ciel et les orientait à la façon d'antennes. Le tout accompagné de murmures mystérieux et de mouvements de la tête. Un peu comme s'il communiquait avec des extraterrestres au moyen d'un téléphone invisible.

«Bof!» se dit l'opérateur. Quand on s'appelle Richard-Jules de Chastelain III et qu'on est devenu milliardaire avant d'avoir trente ans, on peut se permettre toutes les excentricités.

— Hé, patron! On dirait un incendie de l'autre côté. On va voir? insista l'ouvrier en désignant l'ouverture aux reflets rougeâtres.

— Surtout pas! Nous remontons! s'écria son jeune patron.

D'un geste vif, il agrippa le walkie-talkie et ordonna qu'on double les équipes de sécurité pour interdire l'accès au puits.

— Préparez-vous à installer des barricades en surface. Et je veux un poste de garde à l'entrée, comme pour les deux autres puits.

L'opérateur souleva son casque de métal et se gratta la tête, avant d'embrayer la foreuse en marche arrière afin d'amorcer la remontée. Que pouvait bien signifier ce ramdam ?

Richard-Jules de Chastelain III souriait à présent.

Comme s'il était le seul occupant de la cabine, le jeune cadre à lunettes déclara d'une voix triomphante en se frappant dans les mains :

— J'aurai bientôt rempli ma part du marché. Le ciel n'a plus qu'à faire le reste !

2

Le gang
des anges

Alex émergea du néant comme on émane d'un épais brouillard. Dans sa tête, un méchant lutin s'amusait à taper sur une enclume avec un marteau pneumatique.

Bien que son second réveil s'effectuât dans l'obscurité la plus complète, la fillette se rappela où elle se trouvait : dans une chambre d'hôpital qu'il lui fallait quitter à tout prix, sinon elle devrait dire adieu à la compétition de demain.

Sans faire de bruit, elle laissa glisser une jambe hors de ses couvertures et s'apprêtait à poser le pied sur le plancher lorsque deux formes blanches apparurent au pied du lit.

— De retour sur Terre ?

Alex sursauta. La chambre se mit à tourner et elle fut prise d'une nausée… L'effet des somnifères probablement, pensa-t-elle.

— Superbe spécimen… Bébhel sera content.

— Il faut tout de suite en disposer.

La petite rouquine avait la bizarre impression d'avoir entendu parler à l'intérieur de son crâne. En plus, les deux formes au pied du lit semblaient floues. Ouf ! Elle n'était vraiment pas dans son état normal.

Même diminuée par les médicaments, elle était décidée à quitter cette chambre d'hôpital.

— Je vous en supplie. Laissez-moi partir ! Je dois aller m'entraîner !

— Qui parle de vous retenir ? Nous venons justement vous aider à quitter les lieux.

De toute évidence, elle n'avait pas affaire au médecin de tantôt. Ces individus étaient beaucoup plus jeunes. Probablement des internes du quart de nuit, se dit-elle. En plus, ils étaient tous deux blonds et assez jolis garçons.

— Vous ne voulez pas tâter mes bosses ?

Les deux jeunes hommes reculèrent, comme effrayés.

— Alors qui êtes-vous ?

— Euh… Nous sommes de l'unité volante. Prenez vos affaires dans l'armoire, le temps presse.

— L'unité volante ! Ha, ha ! Elle est bonne celle-là, Séraph 3583.

Mais Alex ne souriait pas.

— Et pourquoi je vous suivrais ? Vous avez l'air bizarre, vous deux !

Un instant désemparé, le dénommé Séraph s'empara du dossier médical de la fillette accroché au pied du lit.

— Qu'est-ce qui vous fait dire ça? bégaya-t-il, en tenant le dossier du mauvais côté. La preuve… Nous pouvons parfaitement déchiffrer ce qui est écrit ici et tout comprendre, n'est-ce pas, Chéru 48479?

— Hein? Oh oui, bien sûr, répondit l'autre.

Chéru ferma aussitôt les yeux, toucha sa tempe du doigt et, orientant son bras libre au-dessus de sa tête à la manière d'une antenne, se mit à réciter d'un ton monocorde:

— Commotion cérébrale de niveau deux, double protubérance sur la face exo-crânienne de l'os frontal, maux de tête. Prière d'envoyer une équipe mixte en vue d'une collecte rapi…

— Stop! Imbécile! Euh… Je voulais dire inutile! Inutile de l'assommer avec une énumération de termes médicaux, voyons.

— Assommer! Encore un mot d'esprit, Séraph 3583, rigola son collègue.

Alex les regardait, les yeux écarquillés. Les derniers mots résonnaient encore dans sa tête. Pourtant, ils avaient à peine été murmurés. Les médicaments qu'on lui avait administrés étaient vraiment trop puissants. Ils déformaient la réalité. Raison de plus pour sortir d'ici en vitesse !

Le dénommé Séraph interrompit sa réflexion.

— Ressentez-vous parfois des picotements entre les épaules ? Non ? Ça ne vous arrive pas de vous gratter entre les omoplates ? Non plus ? D'accord ! Et pas de démangeaisons dans le... ahem, comment pourrais-je dire... au bas du dos ? Comme si quelque chose vous poussait à cet endroit ?

— Comme si quelque chose me poussait où ? demanda Alex, les joues empourprées.

— Tournez-vous et relevez votre jaquette, on verra bien, ricana Chéru.

— Non mais ! explosa la fillette. J'en ai assez de vos idioties, j'appelle l'infirmière !

— Vous en avez plein le bas du dos ? s'amusa encore Chéru.

Alex s'empara rageusement de la sonnette qui pendait à la tête du lit et allait l'actionner lorsque Séraph, qui semblait plus sérieux que son comparse, s'approcha d'elle avec un regard contrit.

— N'en faites rien ! Excusez cette malheureuse farce de Chéru 48479. Ces régions nous sont étrangères. Notre humour est peut-être déplacé. Pardonnez-nous.

— De toute façon, poursuivit Chéru, l'infirmière dort. En fait, ils dorment tous. On les a vus. Une conduite inadmissible, je sais. Nous allons les dénoncer, soyez sans crainte.

— Pourquoi ne pas en profiter ? Habillez-vous en vitesse et suivez-nous. Nous avons reçu l'ordre de vous escorter jusqu'à la sortie.

— L'ordre de qui ? questionna la rouquine, soupçonneuse.

— Croyez-moi, ça vient de très haut. Vous n'avez rien à craindre.

— De très, très haut, répéta Chéru en pouffant de rire.

Alex hésitait. Ces deux hurluberlus faisaient de fort étranges médecins. Mais elle devait sortir d'ici par n'importe quel moyen. Puisqu'on lui offrait sur un plateau d'argent la possibilité de quitter l'hôpital, aussi bien la saisir. À la première occasion, elle n'aurait qu'à fausser compagnie à ses anges gardiens.

— C'est bon. Tournez-vous.

La fillette récupéra ses vêtements dans l'armoire et les mit rapidement. Elle enfonça son casque sur son crâne en grimaçant, ajusta ses protège-genoux et protège-coudes et sauta sur sa planche.

— Allons-y !

Les deux jeunes hommes ne cachèrent pas leur étonnement lorsqu'elle se faufila entre eux en glissant sur sa planche.

— Extraordinaire ! Je peux essayer, Séraph 3583 ?

— Négatif, Chéru 48479. On nous observe sans doute.

— Dommage, dit ce dernier en rattrapant la fillette dans le corridor.

L'interne rigolo avait au moins raison sur un point, remarqua Alex. L'infirmière de garde était profondément endormie, le nez sur son comptoir. Un peu plus loin, l'employé d'entretien ronflait au-dessus de sa poubelle. Un silence inhabituel régnait sur l'étage.

«C'est presque dans la poche», se félicita la rouquine en atteignant l'ascenseur sans encombre. Elle s'y engouffra, debout sur sa planche, les hurluberlus sur les talons. Elle avait hâte de rentrer chez elle, de retrouver sa mère, Sam et surtout le parc de rouli-roulant.

— Vous permettez ? demanda Séraph dès que les portes de la cabine se refermèrent. Ça ne durera qu'un instant.

Sans attendre l'assentiment d'Alex, les deux jeunes hommes se firent face et unirent leurs mains. Une lueur rouge apparut sur le devant de leurs sarraus, à la hauteur du cœur. Ils avaient les yeux fermés et semblaient en totale communion.

«Quels drôles de personnages», songea Alex. De quel pays pouvaient-ils bien venir pour se comporter de manière si excentrique ? Et pourquoi les contours des deux jeunes hommes restaient-ils étrangement flous alors qu'elle distinguait maintenant avec précision les murs, le plancher, sa planche et même ses souliers ?

Tout à coup, un puissant haut-parleur cracha dans sa tête.

— Unité mixte 1334 appelle Ciel 5. Avons récupéré le démon rouge. Répétons : avons récupéré le démon rouge !

La fillette en tomba presque de sa planche à roulettes.

— Qu'est-ce que vous avez dit ?

Les deux supposés internes ouvrirent les yeux.

— Quoi ? Mais rien, voyons !

— C'est qui, ça, le démon rouge ?

Les deux jeunes hommes blonds échangèrent un regard ahuri.

— Qu'as-tu fait ? demanda l'un. Tu as oublié de sortir ton antenne.

— Oups ! Et où est la tienne ? Tu es sûr qu'elle nous a entendus ?

— Je vous entends dans ma tête depuis le début, espèces d'idiots, cria Alex. Moi qui croyais que c'était à cause de mes médicaments. Encore un truc de la NASA, c'est ça ? Vous me kidnappez pour faire des expériences ? Et vous me ramènerez dans mon lit dans vingt-quatre heures comme si de rien n'était ? J'ai peut-être douze ans, mais il ne faut pas me prendre pour une cruche !

La petite rousse était déchaînée. Elle avançait vers eux, les poings sur les hanches, ses yeux lançant des éclairs.

Elle stoppa net lorsque deux antennes blanches surgirent du sommet du crâne des

internes. Un cercle lumineux se forma lentement au bout des antennes.

Alex balbutia :

— On dirait, on dirait…

— Des auréoles ! complétèrent d'une seule
voix les deux jeunes hommes blonds. Et vous
n'avez rien vu !

Dans un bruissement de plumes froissées,
d'immenses ailes d'une blancheur immaculée se
déployèrent dans leur dos. Alex croyait voir
des images pieuses représentant les anges du
paradis.

— Pas mal, hein ? Elles sont rétractables.
C'est moins gênant dans nos déplacements au
sol.

La fillette recula contre le mur de l'ascenseur.

— Qui… Qui êtes-vous ?

Le dénommé Séraph s'inclina.

— Je suis le trois mille cinq cent quatre-
vingt-troisième séraphin et voici le quarante-
huit mille quatre cent soixante-dix-neuvième
chérubin. Nous formons la mille trois cent
trente-quatrième unité mixte du cinquième
ciel gouverné par l'indubitablement bon et

puissant huitième archange-percepteur, Bébhel. Pour vous servir !

— Nous sommes des anges, quoi ! rigola l'autre devant la mine déconfite de la rouquine.

Alex se pinça pour vérifier qu'elle ne rêvait pas. À n'en pas douter, elle était victime d'hallucinations auditives et visuelles d'envergure, avec effets spéciaux dignes des studios d'Hollywood.

Alex ferma les yeux et les rouvrit. Les deux supposés anges, faux internes, étaient toujours là à la contempler béatement.

La fillette se mit à faire les cent pas dans l'ascenseur. Tout allait trop vite. Il fallait qu'elle reprenne depuis le début.

— D'abord ma chute, ensuite l'hôpital, commença-t-elle. Un premier médecin et une infirmière insistent pour me garder et m'injectent une cochonnerie de médicament. C'est là que ça se gâte. À mon second réveil, en pleine nuit, vous êtes là et me proposez votre aide pour quitter ma chambre. J'accepte malgré vos allures étranges et vos questions déplacées, parce que mon plus cher désir est de sortir d'ici pour aller m'entraîner. Puis, surprise ! Vous me faites le coup des ailes et des auréoles et prétendez être des anges portant des noms et des numéros absolument loufoques…

Le plus grand des anges parut vexé.

— Je suis un séraphin de la plus haute hiérarchie angélique !

— Regardez ! Il a six ailes. Et moi, quatre, comme tous les chérubins ! Nous appartenons aux deux chœurs supérieurs des anges.

— Encore et toujours des chiffres, répliqua Alex. C'est vraiment une manie de tout numéroter chez vous. Admettons que vous soyez des anges, ce dont je doute, est-il possible de savoir…

Elle hésita avant de compléter sa phrase.

Instinctivement, les supposés anges tendirent l'oreille.

— … EN QUOI ÇA ME CONCERNE ? beugla la fillette de toute la force de ses poumons.

Le séraphin et le chérubin échangèrent un regard étonné.

— C'est évident, il nous semble.

— Qu'est-ce qui est évident ? grogna la petite rouquine.

— Je croyais que vous nous aviez entendus, tantôt ?

— Votre conversation au sujet d'un démon rouge ? Je ne vois pas le rapport.

Les deux chérubins la regardaient, les sourcils en l'air.

— Hé, attendez ! hurla Alex. C'est moi, ça, le démon rouge ? Vous êtes malades ?

En guise de réponse, le chérubin ferma les yeux et effleura du doigt la courbe de son auréole.

— Aaah… Ça va mieux ainsi. Il est beaucoup plus facile de se brancher sur le savoir universel une fois l'auréole déployée. Attendez ! Je l'ai.

Puis Chéru se mit à débiter sur le même ton monocorde que tout à l'heure :

— Le démon rouge se distingue des autres espèces infernales par la couleur de son pelage d'un roux flamboyant. De caractère moins irascible que le démon noir, il est sujet à de fréquentes sautes d'humeur. Comme pour tous les membres de la famille démoniaque, l'arrivée de la puberté est marquée par l'émergence de cornes sur la partie antérieure du crâne…

Alex glissa la main sous son casque. Ouch ! Ses deux bosses étaient toujours là, sensibles au toucher. Ça, des cornes ? Le délire continuait. Qu'elle avait donc hâte de se réveiller dans son lit, sa mère penchée au-dessus d'elle avec un bon bouillon fumant !

— ... bien qu'il ne s'agisse pas d'ailes à proprement parler, poursuivait Chéru, mais plutôt de membranes fibreuses prenant naissance entre les omoplates. Chez un sujet sur deux, on assiste aussi à l'apparition d'un appendice caudal entre l'âge de douze et de quatorze ans. Cette queue, ou fouet, d'une longueur variant entre dix et quinze centimètres, est le plus souvent ornée à son extrémité d'une pointe de flèche ou d'une fourche.

Alex en avait assez entendu.

— Vous êtes complètement tarés !

Le visage cramoisi, elle se précipita sur le panneau de contrôle et appuya sur le bouton d'arrêt d'urgence. Rien ne se produisit. L'ascenseur montait à une vitesse vertigineuse. Alex se demanda pourquoi tous les boutons étaient illuminés.

Pour la première fois depuis le début de son étrange aventure, la fillette se sentit envahie par... la peur.

— Laissez-moi descendre !

— Ne crains rien, mon gars. On monte au ciel.

L'ascenseur vibrait et sifflait. Des faisceaux de lumière vive filtraient sous les portes ainsi qu'à leur jonction, répandant dans la cabine une légère poussière blanche. L'ensemble était aveuglant.

Alex se retenait pour ne pas hurler. Elle avait l'impression que son cœur palpitait jusque dans sa gorge, et sa tête semblait sur le point d'éclater. Puis, la colère prit le dessus. Comment il m'a appelée, celui-là ? « Mon gars » ! Je vais lui montrer, à cet impoli, si je suis un gars...

CLANG !

Les parois de l'ascenseur se raidirent sous le choc. La rouquine se sentit soulevée dans les airs. Elle flotta un instant le nez à la hauteur du plafond jusqu'à ce qu'une deuxième détonation métallique la projette avec force sur le sol.

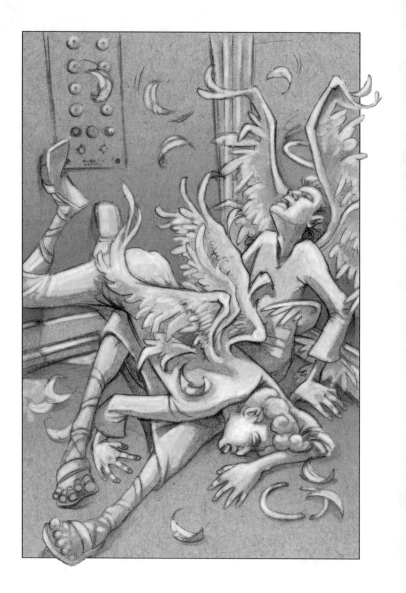

Leur montée fut brusquement freinée. L'ascenseur cessa de vibrer. Les sifflements et les effets lumineux avaient disparu. Seules quelques plumes blanches voletaient ici et là.

Alex se redressa. À l'autre bout de la cabine, les deux anges ravisseurs gisaient l'un par-dessus l'autre dans un inextricable enchevêtrement d'ailes.

Des gémissements étouffés se firent entendre.

Alex se demandait si elle devait se porter au secours de ses ravisseurs, lorsque les portes métalliques de l'ascenseur tressaillirent. Un objet noir et pointu apparut à leur jonction. La chose, qui s'avéra être l'extrémité d'un parapluie, dut exercer une assez grande pression puisque, après un grincement de protestation, les portes de l'ascenseur s'entrouvrirent.

Le parapluie fit place à une longue manche d'imperméable gris.

Une grande main osseuse s'agita à la hauteur du visage de la petite rouquine.

— Auriez-vous l'amabilité de vous accrocher à mon bras ? dit une voix calme et posée.

La fillette hésita. À ses pieds, les corps des supposés anges, blessés, commençaient à remuer.

— Et eux ?

— Je vous suggère respectueusement de m'obéir avant que ces messieurs se réveillent ! insista la voix.

Alors qu'elle allait s'agripper au bras tendu, Alex s'écria :

— Attendez ! Ma planche !

Celle-ci gisait dans un coin, les roulettes en l'air. La fillette se pencha pour la récupérer quand un reflet sur le sol attira son regard. Ça ressemblait à un bout de tube de verre légèrement recourbé. L'objet avait la particularité de présenter au moins une extrémité tranchante.

La fillette ramassa la tige de verre et la fourra dans la poche arrière de ses culottes courtes. Elle pourrait toujours s'en servir pour se défendre au cas où elle rencontrerait à nouveau ses ravisseurs. Elle cala ensuite sa planche sous son bras et saisit la manche d'imperméable gris.

En une seconde, elle se retrouva dans le corridor qui menait à sa chambre d'hôpital.

L'employé d'entretien ronflait toujours au-dessus de sa poubelle en dépit de tout ce raf-fut. L'infirmière de garde faisait de même sur son comptoir. Par la porte entrebâillée de sa chambre, la fillette apercevait le pied de son lit. «Il ne manquait plus qu'on me remette de-dans, pensa tristement Alex. Retour à la case départ, quoi.»

— Navré pour cette brusque interrup-tion. Une seconde de plus et il était trop tard. Rien de cassé?

Un grand monsieur bien mis, avec cha-peau melon et parapluie, examinait la rou-quine, un sourcil relevé.

— Ça va. Merci de m'avoir débarrassée de ces deux zigotos à plumes.

L'homme souleva son melon.

— Permettez-moi de me présenter, Anti-patros Léonidas, votre suppôt… pardon, votre serviteur plutôt, qui vous invite à le suivre sans tarder. Ces messieurs sont du genre tenace.

Comme pour appuyer ses paroles, des éclats de voix leur parvinrent de l'ascenseur.

Alex agrippa le bras que lui offrait son sauveur.

— Je vous suivrai jusqu'en enfer s'il le faut, mais sortez-moi de cet hôpital de malheur !

Le grand monsieur inclina légèrement la tête.

— Heureux de vous l'entendre dire. Allons-y !

Antipatros entraîna la fillette dans l'escalier, où ils se mirent à dévaler les marches à toute vitesse.

— Que vouliez-vous dire, tantôt ? Pourquoi aurait-il été trop tard ? demanda la petite rousse, entre deux étages.

— Sans vouloir vous alarmer outre mesure, il est de notre devoir de vous révéler que nous n'aurions sans doute plus jamais entendu parler de vous, répondit l'homme au chapeau melon, sans aucune trace d'émotion dans la voix.

Alex ralentit l'allure. Ainsi, elle venait d'échapper à un péril mortel. Elle commençait à imaginer toutes les horreurs que les deux comparses blonds auraient pu lui faire subir, lorsque son esprit terre à terre prit le dessus.

— Vraiment ? Vous savez, ils n'avaient pas l'air bien méchants, plutôt rigolos. Imaginez-vous donc qu'ils se prenaient pour des anges ! À ce que je sache, les anges font le bien et non le mal.

— Les apparences sont parfois trompeuses. Ces messieurs avaient bel et bien pour mission de vous retirer de la circulation. Et cela de manière définitive, à n'en point douter.

Alex s'immobilisa entre deux marches, le pied en l'air.

— Comment savez-vous ça ? Vous êtes de la CIA ?

— Disons que nous avons été chargés de veiller à ce que vos adversaires ailés ne puissent mener leur entreprise à terme. Venez vite !

Le bonhomme commençait sérieusement à agacer Alex. « Quelle soirée de fous, pensa-t-elle. Un médecin et une infirmière hilares, des anges ravisseurs, un sauveur aux allures de majordome. Il ne manque que des extraterrestres gluants à trois pattes pour compléter le tout. »

— Me retirer de la circulation de manière définitive, moi ? Mais pourquoi ? Je ne comprends pas, s'étonna la fillette en fronçant les sourcils. À moins que… C'est pour m'empêcher

de participer à la compétition de demain...
c'est ça ? Il y aurait du Spike là-dessous que ça
ne m'étonnerait pas...

Un claquement de porte se fit entendre
au-dessus d'eux.

Antipatros inclina sa grande carcasse noire
en guise de salut.

— Nous serons très heureux de pouvoir
répondre à toutes vos questions, même si la situation, à cause de sa gravité, ne se prête guère
à la conversation.

Alex hésitait toujours.

— Il serait triste, cependant, ajoutait le
monsieur digne, de s'avouer vaincus alors que
le salut n'est qu'à quelques pas... quelques
marches, pour être plus précis.

La fillette se précipita dans l'escalier en
maugréant.

La rouquine et son stoïque compagnon
dévalèrent une cinquantaine de marches et
débouchèrent dans un corridor sombre du
deuxième sous-sol. Avant qu'Alex ait le temps
de reprendre son souffle, Antipatros Léonidas
poussait déjà une des grandes portes battantes
de la buanderie.

Un employé, qui s'affairait autour d'une pile de draps blancs, les accueillit avec un grognement.

Antipatros s'avança vers lui d'un pas rapide tout en soulevant son melon.

— Bonsoir, mon brave. En ma qualité d'inspecteur municipal des installations de lessivage, d'essorage et de séchage, j'aimerais que vous m'indiquiez votre meilleure sécheuse.

L'employé fixa Antipatros comme si celui-ci venait de lui annoncer que l'homme descendait de la mante religieuse plutôt que du singe. Puis son regard se posa sur Alex, qui semblait tout aussi étonnée que lui.

— Qui est cette jeune personne qui m'accompagne à cette heure tardive, vous demandez-vous ? Il s'agit, hum… de ma petite-fille. Mon fils travaille de nuit, voyez-vous. Je l'aide comme je peux en emmenant parfois la marmaille lors de mes tournées. Vous n'y voyez pas d'inconvénient, j'espère ? Alors ? Et cette sécheuse ?

La bouche grande ouverte, le regard vide, l'employé de buanderie montra du doigt le dernier d'une longue rangée d'énormes appareils.

— C'est bien ce que je pensais, merci. Nous allons faire l'inspection.

Après un moment de flottement, l'employé passa entre eux tel un somnambule.

Dès que l'homme fut sorti, le compagnon d'Alex se précipita vers la sécheuse indiquée. Il ouvrit la portière ovale et, après un bref examen de l'intérieur, se servit de la pointe de son parapluie pour en tâter le fond.

La fillette entendit un déclic et sentit une bouffée de chaleur sur son visage.

— Parfait ! déclara Antipatros Léonidas en retirant son imperméable. Veuillez prendre place !

— Quoi ?

— L'urgence de la situation ne nous permet aucune hésitation. Vite ! Le temps presse !

Alex jeta un regard soupçonneux dans la gueule noire de la sécheuse.

— Vous croyez vraiment que je vais entrer là-dedans ? Vous êtes plus bizarre que ces emplumés de l'ascenseur ! Ils me prenaient pour une sorte de petit diable, un démon rouge. À cause de mes cheveux, j'imagine.

— Si nous pouvons nous le permettre, l'interrompit Antipatros Léonidas, ils en sont sans doute venus à cette conclusion à cause de vos cornes, qui se trouvent, elles aussi, dissimulées sous votre casque.

— Vous aussi croyez que j'ai des cornes ? C'est une manie !

— Antipatros Léonidas a bien des défauts et quelques vices, mais aucune manie, répondit l'homme au chapeau et au parapluie, sans se départir de son flegme.

Alex réagit comme chaque fois qu'on la contrariait : elle rougit, fronça les sourcils et gronda. Sa main se porta à la poche arrière de ses culottes courtes. Ses doigts rencontrèrent le bout de verre tranchant.

— Je ne ferai pas un pas de plus à moins que quelqu'un se décide enfin à m'expliquer ce qui se passe dans cet hôpital et pourquoi tout le monde s'intéresse à moi.

L'homme la regarda droit dans les yeux.

— Nous vous en conjurons, vous DEVEZ nous suivre. L'enjeu est de la plus haute importance. Il en va… du sort de votre… de votre grand-père !

Alex ressentit un vif pincement au cœur. Son grand-père ? Que lui était-il arrivé ?

— Lequel de mes grands-pères, hein ? demanda-t-elle avec un regard suspicieux. J'en ai deux. Et ça m'étonnerait qu'ils se trouvent là-dedans. Grand-papa Léo habite en Floride et papi Enzo n'a jamais quitté l'Italie.

Antipatros la fixait toujours avec intensité.

— Nous nous engageons solennellement à fournir des réponses à chacune de vos questions, dès que nous serons à l'abri, de l'autre côté.

Alex retira sa main de sa poche afin de croiser les bras. Elle tapa du pied cinq ou six fois, puis, avec un grognement et mille précautions, finit par se glisser à l'intérieur de la sécheuse.

Elle s'attendait au pire, mais pas à voir s'ouvrir devant elle un étroit tunnel aux parois lisses et rougeoyantes. Prudente, la rouquine s'y engagea en avançant sur les genoux sur une dizaine de mètres jusqu'à ce que le couloir bifurque. Elle se retourna et faillit pouffer de rire. Toujours très digne, Antipatros la rejoignait en

marchant en petit bonhomme. Son grand corps raide au-dessus de ses longues jambes repliées lui donnait une allure de pingouin.

— Parée?

Sans lui laisser le temps de protester, l'homme au melon agrippa la fillette. Une détonation sourde fit aussitôt vibrer les parois du passage souterrain. Semblant venir de très loin, un puissant bruit de succion s'amplifia jusqu'à devenir assourdissant. L'atmosphère devint tout à coup étouffante. Alex sentit un courant d'air brûlant lui fouetter le dos et elle se mit à glisser lentement, vers le bas. La rouquine serra sa planche à roulettes contre elle, s'accrocha à Antipatros comme à une bouée de sauvetage. Elle laissa échapper un cri lorsque le tunnel les aspira pour les propulser dans une spirale en apparence sans fin.

3

Dans les entrailles de la Terre

Alex pleurait. Mais ce n'était pas le chagrin qui attisait ses larmes. La vitesse était telle que des rigoles humides se formaient sur ses joues. Elle n'avait jamais rien connu d'aussi grisant.

De la rouquine, pourtant habituée aux sauts et aux acrobaties de toutes sortes, ne put retenir un « Yahou ! » enthousiaste. Son cri s'étrangla dans sa gorge lorsque les langues de feu firent leur apparition. Rouge et jaune, elles semblaient courir sur les parois du tunnel en lui léchant les pieds. Et ces flammes gagnaient en taille et en intensité, jusqu'à obstruer complètement l'extrémité du tunnel.

Alex sentit la grande main osseuse d'Antipatros serrer sa menotte pour l'attirer sous le parapluie. La fillette eut soudainement l'impression qu'ils franchissaient une barrière de chaleur intense en même temps que retentissait un coup de tonnerre assourdissant.

La petite rousse se retrouva sur le derrière au terme d'une chute assez brutale. Quelques instants après, son compagnon de voyage se posait doucement à ses pieds, se servant de son parapluie comme d'un parachute.

Alex se releva, tout excitée.

— WOW! La prochaine fois, je descends ça sur ma planche!

Toujours très digne, Antipatros demanda :

— Vous n'avez pas cru bon de déployer vos ailes?

— Si vous parlez des trucs emplumés des zigotos de l'ascenseur, non, je n'en ai pas. Pas plus que de queue fourchue ou pointue. Quant à mes soi-disant cornes, je suis désolée de vous décevoir après tout ce que vous avez fait pour

m'impressionner, mais ce ne sont que des bosses causées par une chute en planche à roulettes.

— Pourtant, nous avions cru percevoir dans l'air des fluctuations semblables à celles causées par des battements désordonnés…

Alex n'écoutait plus, trop absorbée par ce qui l'entourait.

— Et où sommes-nous, maintenant ? Où il est, grand-père ?

Ils avaient atterri au milieu d'un rectangle de pavés poussiéreux délimité par une vieille barrière en fer forgé rouillé. En bordure de cet espace clôturé, une sorte de réverbère à demi penché affichait le nombre 333. D'autres enceintes numérotées étaient situées de chaque côté pour former de longs corridors s'étirant à perte de vue. On aurait dit des zones d'atterrissage. Le tout était surplombé par un extraordinaire mais authentique plafond de feu qui donnait à l'ensemble des lueurs rougeâtres.

C'était donc ça qu'ils avaient traversé pour arriver ici. En y regardant de plus près, Alex se rendit compte que le plafond était composé de milliers de langues de feu enchevêtrées.

On aurait cru qu'elles avaient été tressées par des mains magiques. La fillette n'avait jamais rien vu de pareil. «Chapeau au gars des effets spéciaux», songea-t-elle.

— Nous sommes ici au débarcadère du Calorifique, annonça Antipatros Léonidas. Le Calorifique est notre réseau secret de transport souterrain utilisant, ainsi que son nom l'indique, la chaleur comme conducteur. D'ailleurs, vous allez assister à une nouvelle arrivée.

La fillette sursauta lorsqu'un autre coup de tonnerre se fit entendre. Trois personnes surgirent du plafond de flammes et descendirent dans l'espace 332.

À la façon d'Antipatros plus tôt, un grand monsieur moustachu, attifé comme un major-dome, se posa avec dignité à l'aide de son parapluie. Un adolescent cornu voleta jusqu'à terre en se servant, au grand étonnement de la fillette, de deux ailes de chauve-souris qui étaient accrochées à ses épaules. Le troisième personnage, un petit garçon apparemment normal, percuta le sol, à la manière d'Alex tantôt.

Antipatros attendit qu'ils soient tous sur pied avant d'ouvrir la barrière de l'enceinte 333 et de se diriger vers eux. Les deux hommes se saluèrent brièvement.

— Nous constatons encore une fois, Ubald, que la récolte a été mince, déclara Antipatros.

— Non sans mal ! J'ai pu rescaper ce démon gris et ce plieur de verre, mais je crois que ce dernier présente un problème, fit remarquer le grand monsieur moustachu en désignant le plus jeune garçon. Autisme sévère, je pense. Les circonstances étant ce qu'elles sont, je l'ai emmené quand même… Et vous, cher ami ?

Antipatros Léonidas montra la fillette de la pointe de son parapluie.

— Voici, hélas, ce qui reste de la centaine d'héritiers dont on nous avait confié la récupération. Nous n'avons pu sauver que ce démon rouge et il était moins une.

L'interlocuteur d'Antipatros jaugea Alex d'un œil sévère. Sa grosse moustache frémit.

— Mais !

— En effet, s'excusa Antipatros en toussotant.

— C'est… c'est une jeune fille ! balbutia l'autre.

— Bien sûr que je suis une fille ! Qu'est-ce qu'il croit, ce vieux schnock ? rugit Alex, en serrant les poings.

— Absolument irrégulier, articula avec peine le dénommé Ubald.

— Hum… Puisque nos amis les anges semblaient y tenir beaucoup, nous avons cru de notre devoir de la rescaper, les circonstances étant ce qu'elles sont, comme vous l'avez si bien résumé.

Les deux hommes se firent face un moment sans dire un mot.

— Et un ange passa, ricana l'adolescent ailé, dans le dos de M. Ubald.

Un profond soupir souleva finalement la moustache de ce dernier.

— Vous avez raison, Antipatros. Il faut se rendre à l'évidence : quelqu'un a entrouvert l'une des portes de l'enfer, provoquant l'émergence des héritiers. En général, le gang des anges les cueille avant nous. Il ne nous laisse que les miettes.

— Plutôt ennuyeux, Ubald !

— Tout à fait regrettable, cher ami !

— Nous dirions même choquant ! ajouta Antipatros avec un visage de marbre.

L'adolescent ricaneur s'approcha d'Alex.

— Qu'est-ce que ça doit être lorsqu'ils sont fâchés pour de vrai ! Plus constipé que ça, tu meurs !

La fillette détailla l'adolescent avec un brin d'appréhension, pendant que les deux hommes poursuivaient leur conversation. Elle ne savait trop si elle devait en avoir peur ou si elle devait lui rire au visage. Il y avait aussi ces ridicules ailes qui frémissaient sur ses épaules. Des fausses, sans doute. Alex eut bien du mal à réfréner son envie de les tâter pour s'en assurer.

— On ne sait toujours pas de laquelle des six cent soixante-six portes il s'agit ? demanda Antipatros.

— Allez savoir, mon ami. Elles font tout le tour de la Terre.

— Nous sentons pourtant bel et bien une perturbation dans la ceinture de feu, murmura gravement Antipatros en dressant un index long et maigre vers le plafond de flammes.

L'adolescent ailé se moqua tout bas.

— Nous sentons une perturbation dans la ceinture de feu et patati et patata ! On croirait entendre Obi-Wan Machin Truc !

Alex ne put retenir un rire, ce qui lui valut un regard désapprobateur de la part des deux hommes à chapeau melon et à parapluie.

— Je m'appelle Thomas, continua son voisin. On peut dire que ça semblait sérieusement les embêter, tout à l'heure, que tu sois une fille. Je ne vois pas pourquoi, d'ailleurs. Comme ça, les anges te couraient après, toi aussi ? Tu aurais dû voir les nôtres : un ange gardien et un genre de petit cupidon. J'ai eu une de ces frousses lorsqu'ils sont apparus à côté de mon lit. Heureusement, M. Ubald les a rattrapés et n'en a fait qu'une bouchée, même s'ils tiraient partout avec leurs jets de lumière et leurs rayons paralysants.

Alex avala avec difficulté en se remémorant ce bref instant où une peur intense s'était emparée d'elle dans l'ascenseur.

— Toi, as-tu eu peur ? demanda-t-elle au plus jeune des garçons.

Celui-ci ne lui accorda même pas un coup d'œil.

Alex sentit la moutarde lui monter au nez. Thomas intervint.

— Il ne parle pas. Pas à nous, en tout cas. Il marmonne sans arrêt, comme s'il s'adressait à lui-même. M. Ubald dit qu'il a une grave maladie de l'esprit, ce qui fait qu'il n'a pas envie de communiquer avec nous, qu'il aime mieux rester dans son monde. Tu ne me crois pas ? Pince-le, il ne dira rien.

La rouquine recula, effarée. L'adolescent ailé baissa la tête.

— Toi aussi, tu es encore incapable de faire du mal ? Ça me rassure. Et pourtant, tu es un démon rouge. Moi, je suis un diable gris. Si tu savais à quel point je ne me sens pas d'attaque.

— Mais je ne suis pas… commença Alex, puis elle se ravisa.

Elle regardait le jeune homme avec un intérêt renouvelé. Il lui rappelait ces adolescents qui semaient la terreur à son parc de rouli-roulant. Cependant, il était infiniment plus sympathique malgré ses cornes. Elle était ravie de rencontrer quelqu'un qui vivait la même chose qu'elle. Les interrogations se bousculaient dans sa tête. Elle voulait savoir ce qui

leur arrivait. Que leur voulaient tous ces gens ?
Et surtout, où se trouvaient-ils ? Toutefois, la
première question qui jaillit de ses lèvres fut :

— Ce sont de vraies cornes ?

— On ne peut plus vraies, soupira Thomas. Elles sont apparues il y a deux semaines.
D'abord, elles étaient pareilles aux tiennes,
deux petites bosses, mais elles n'ont pas arrêté
de pousser depuis. Les ailes aussi. Un peu dé-
routant au début, mais on s'y habitue.

Instinctivement, Alex porta sa main à son
front. Ses bosses étaient toujours là. L'enflure
était encore douloureuse sous ses doigts, signe,
selon elle, qu'il s'agissait de vraies bosses, et
non de cornes comme semblait le croire tout
ce beau monde... Pas question de laisser pousser ces machins-là.

— Le hic, c'est que mes parents ne me
permettaient plus de sortir de la maison. Ils
n'osaient pas me renvoyer chez le médecin et ils
s'apprêtaient même à faire venir un exorciste.

— Tes parents ne sont pas des...

— Tu rigoles ? Mes parents sont ce qu'il
y a de plus normal. Toujours devant la télé,
comme les autres. Et c'est sans doute pour ça

qu'ils ont assez mal pris ma transformation. Par contre, ma grand-mère était spéciale. Avant de mourir, elle m'a laissé cette lettre à ouvrir le jour de mes douze ans. Mais je n'ai pas bien compris, dit Thomas en montrant une liasse de feuilles jaunies. Mes parents non plus, d'ailleurs.

Sa grand-mère? Alex se rappela soudain l'allusion à son grand-père, tantôt, de l'autre côté de la sécheuse. « Il en va de sa vie ! » avait dit Antipatros avec son air de croque-mort. Alors où était-il, ce grand-père? Et ce M. Ubald, avec sa grosse moustache, pourrait-il être le grand-père de Thomas ? Antipatros aussi avait l'âge de jouer ce rôle. Étrange club de l'âge d'or que cet endroit poussiéreux où régnait une chaleur digne d'un four.

La rouquine allait ouvrir la bouche, lorsqu'elle sentit une pression dans le bas de son dos. Elle se retourna vivement. Le petit garçon silencieux l'avait contournée sans faire de bruit et semblait baisser sa culotte. Elle eut une furieuse envie de gifler ce malotru qui s'intéressait à cette partie de son anatomie, mais se retint en constatant que l'enfant en voulait plutôt au tube de verre acéré qui dépassait de sa poche.

Alex poussa un soupir.

— Vas-y, prends-le. Tu peux même le garder. Je l'avais oublié.

Le garçonnet s'empara du bout de verre luisant sans la remercier et se mit à le tortiller dans tous les sens, comme s'il s'agissait de plastique mou.

— Incroyable, ce qu'il arrive à faire ! s'exclama Thomas.

— Plieur de verre, quel don étrange, murmura Alex.

— On dirait un morceau d'auréole ! dit soudainement Thomas.

— J'ai trouvé ça par terre, après qu'Antipatros m'eut libérée de mes anges ravisseurs. Tu sais, moi, ces histoires d'auréoles, de cornes et d'ailes, pfftt…

— Ça pourrait être dangereux. Je ne crois pas que ce soit pru…

Le tintement d'un carillon interrompit l'adolescent.

Pendant que les plus jeunes faisaient connaissance, Antipatros Léonidas et M. Ubald avaient dévalé une volée de marches à demi enfouies sous la terre rougie. Ils se trouvaient maintenant de part et d'autre d'un large portail orné de gros clous rouillés.

La grande porte s'ouvrit avec un grincement lugubre, libérant un nuage de fumée grise sur le seuil.

— Si vous voulez vous donner la peine de descendre, déclarèrent les deux hommes d'une seule voix.

— Je ne ferai pas un pas de plus avant qu'on me révèle où se trouve mon grand-père, annonça Alex en croisant les bras sur sa poitrine.

Une lueur d'incompréhension apparut dans les yeux de M. Ubald.

Antipatros inclina son grand cou et chuchota quelques mots à son oreille.

— Je comprends, maintenant, répondit Ubald après une légère hésitation. Vous voulez parler de votre grand-père à tous. Il se trouve justement où nous allons.

Alex se tourna vers Thomas et le jeune autiste. Quoi ? Elle avait le même grand-père qu'eux !

— Allons-y, petite cousine, déclara l'adolescent ailé sur un ton enjoué, en la prenant par le bras.

La rouquine sentit ses joues s'empourprer, mais elle ne bougea pas d'un poil.

— Serait-il indiscret de vous demander OÙ nous allons ?

Ubald parut étonné par la question.

— Mais en enfer, évidemment !

En enfer ?

4

L'empire des ténèbres

Interdite et incrédule, la fillette s'attendait à voir du feu en franchissant le portail, beaucoup de feu, de la fumée aussi, en gros nuages gris sentant le soufre, et peut-être même de la lave. Elle craignait de découvrir des hordes de damnés gémissant tout nus dans les flammes, pendant que des démons rouges et luisants comme des homards leur piqueraient les fesses avec des fourches aux pointes acérées.

Une fois le choc passé, Alex et ses compagnons pénétrèrent plutôt dans une immense salle sombre tenant plus de l'ancienne usine que de la vision traditionnelle de l'enfer.

Occupant le plancher à perte de vue, des centaines de tables de travail étaient disposées en rangées. Les pupitres étaient surmontés du même bric-à-brac d'appareils étranges reliés entre eux par un réseau de fils noirs et enchevêtrés.

La pièce était faiblement éclairée par des torches fumantes accrochées ici et là aux hauts murs de briques noircies de suie. Toutefois, la colossale enceinte de travail était entièrement vide d'ouvriers.

Un silence sinistre, à peine dérangé par le crépitement des torches, régnait sur l'ensemble.

— Si c'est ça l'enfer, moi, je suis Batman, ricana Thomas, en agitant ses ailes de chauve-souris.

— Tout ça est ridicule, renchérit la fillette.

M. Ubald foudroya les deux enfants du regard en frémissant des moustaches.

— Vous vous trouvez dans la portion supérieure de l'enfer, celle réservée à la comptabilité. C'est ici qu'on procède au décompte des âmes des damnés et de celles qui nous sont

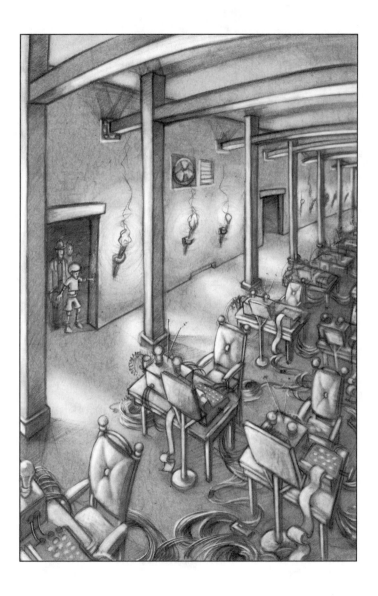

données par contrat. Comme le débarcadère du Calorifique, cette section fait le tour de la Terre à une profondeur de neuf kilomètres, au-dessus, cependant, du manteau et du noyau terrestres où se trouvent les autres couches de l'empire infernal. Voilà. Et tâchez de vous en souvenir. Ah ! j'oubliais, ce secteur est normalement supervisé par Lucifer.

Il leur tourna le dos et s'engouffra ensuite dans un local sombre situé sur le côté de la grande salle.

« Lucifer ? Le gars avec la fourche ? Chef d'un bureau de comptables ? Et puis quoi encore ? » se dit Alex. Décidément, cette histoire sombrait dans le loufoque de grand cru.

M. Ubald émergea de la petite pièce, entraînant dans son sillage une trentaine d'enfants, certains à demi morts de peur, si l'on en jugeait par leurs regards effarés.

— Rejoignez vos camarades !

D'un pas hésitant, Alex, Thomas et le plieur de verre se mêlèrent au groupe.

Se trouvait alors réunie la gamme complète des manifestations démoniaques infantiles. Un œil avisé y aurait reconnu quelques démons noirs, beaucoup plus grands et aux ailes imposantes, plusieurs diables gris, comme Thomas, deux ou trois verts et bleus, et même un petit démon blond à l'air malheureux, mais pas de démon rouge.

Alex semblait être la seule fille. «Pourquoi? se dit-elle. L'enfer — en admettant que ce soit l'enfer — serait-il une affaire exclusivement masculine? Et le ciel? Mes présumés anges et ceux de Thomas étaient aussi des gars.»

Au contraire de la petite rouquine, aussi, les autres arboraient des cornes, sauf un qui portait des bandages à l'endroit où avaient dû se trouver les siennes.

— Mon père a tenté de les scier, mais elles repoussent tout de suite, toujours plus grosses, expliqua-t-il à Thomas.

— Arrache ça ! Tu as l'air de Frankenstein, cracha un grand démon noir. Et toi, retire ton casque ridicule, dit-il à Alex sur un ton méprisant. Vous nous faites honte, en voulant cacher vos cornes.

La longue queue fourchue du jeune homme fouetta l'air dans son dos.

Alex bouillait. N'eût été du regard sévère de M. Ubald, elle lui aurait dit sa façon de penser, à cet escogriffe.

— Si vous voulez bien vous donner la peine de me suivre, déclara M. Ubald. Nous sommes attendus dans la crypte.

Le suppôt moustachu s'engagea dans une allée bordée de piliers qui longeait la grande salle à bureaux, le groupe d'enfants sur les talons. Antipatros fermait la marche, derrière Alex et Thomas.

Avançant d'un pas rapide à la tête du troupeau de jeunes démons, M. Ubald dispensait informations et observations d'une voix forte, à l'instar d'un guide touristique.

— Ce corridor sur votre droite mène à l'embarcadère, et à votre gauche…

Les enfants tournèrent la tête d'un même

mouvement, pour regarder vers une longue pièce mal éclairée.

— J'attire à nouveau votre attention sur la droite, poursuivait M. Ubald en désignant du bout de son parapluie l'autre côté de la grande salle.

Toutes les têtes pointèrent dans cette direction. Alex découvrit à mi-hauteur du grand mur sombre une longue rangée de fenêtres sales.

— Ces fenêtres sont celles du dortoir des apprentis et voici l'escalier qui y mène, continuait M. Ubald. C'est là que vous dormirez dorénavant, mais j'ignore quand nous pourrons vous y conduire. Nous avons tant à faire…

— Ils veulent nous garder ici ! s'écria Alex.

— Et pourquoi pas ! Notre place est ici ! persifla le grand démon noir par-dessus son épaule. Enfin, la nôtre… Toi, je commence à en douter.

— Laisse-le, s'interposa Thomas. Les démons noirs sont les plus méchants de tous.

— Mais c'est de l'enlèvement d'enfants, ça !

Le démon gris jeta un coup d'œil vers Antipatros. Celui-ci les suivait de près en tenant le plieur de verre par la main.

— Là, tu exagères, souffla Thomas à l'attention d'Alex. On s'y fera rapidement à notre nouveau chez-soi, tu verras. En plus, je crois qu'ils nous laisseront retourner à la surface de la Terre, à l'occasion. J'irai revoir mes parents.

La rouquine serra sa planche à roulettes très fort sur sa poitrine et prit une décision. Ce n'est pas qu'on ne s'amusait pas ici, mais ça devenait trop sérieux. À la première occasion, elle leur fausserait compagnie. Tant pis pour Antipatros, M. Ubald, Thomas et tous les diables de l'enfer !

La fillette pensa à sa mère qui devait être folle d'angoisse, à son ami Sam qui irait seul au parc de rouli-roulant, à la compétition qui se ferait sans elle, au terrible Spike qui allait imposer sa loi une fois de plus. Grrr !

Encore faudrait-il qu'elle sache comment retourner à la surface. Le truc des sécheuses fonctionnait-il à l'envers ? M. Ubald n'avait-il pas parlé d'un embarcadère ? Il lui suffirait d'être aux aguets, d'observer et d'écouter. Et peut-être que quelqu'un finirait par lui expliquer à quoi tout ça rimait. «Surtout, garder la tête froide, pensa Alex. Cette affaire se complique de minute en minute.»

— Nous arrivons à la crypte. Veuillez garder le silence, avertit M. Ubald qui les attendait au pied d'un petit escalier qui serpentait vers le haut. Ceci est un endroit de recueillement.

Ils entrèrent dans une sorte de chapelle abondamment éclairée, qui aurait été agréable sans la chaleur étouffante qui y régnait et les dizaines de cercueils disposés en désordre. Chaleur et éclairage s'expliquaient par la présence du fameux plafond de feu.

Toutefois, rien ne justifiait le désordre. C'était comme si quelqu'un s'était fâché et avait tout envoyé promener.

Au centre de la pièce, sur un podium, trônait une grande statue du diable, que l'artiste avait voulue menaçante. L'un des crocs qui garnissaient son horrible rictus s'était détaché. L'effet était plutôt comique.

Les suppôts disposèrent les apprentis en demi-cercle autour de la statue.

— Une crypte, c'est un genre de salon funéraire ? interrogea Thomas.

— Il s'agit en effet du caveau où sont enterrés les Lucifer qui se sont succédé dans cette portion-ci des enfers, répondit Antipatros en prenant place à l'extrémité du demi-cercle.

— Il y en a eu beaucoup, des Lucifer ?

— Six cent soixante-cinq jusqu'ici, qui se relaient toutes les trois générations.

— Quelle fraude ! rigola Thomas. Et tous ces gens qui croient qu'il n'y a qu'un seul Lucifer, comme un seul roi du rock et un seul roi de la patate !

— J'ai réclamé le silence, gronda Ubald.

— Et le Lucifer actuel ? osa Alex, des soupçons plein la voix. Comment se fait-il qu'on ne l'ait pas encore vu ? Où est-il ?

Antipatros plaça son index noueux contre ses lèvres.

— Ce qui est ennuyeux, murmura-t-il, c'est que personne ne le sait.

La fillette jeta un regard craintif autour d'elle. Ça signifiait que ce Lucifer, s'il existait, pourrait surgir de nulle part, à n'importe quel moment. Un genre de rencontre qu'elle aimerait mieux éviter dans cet endroit lugubre.

À cet instant, un chant étrange monta de l'arrière de la grande statue. On aurait dit une incantation rauque entonnée d'une voix brisée.

Un autre monsieur à chapeau melon, aussi gras qu'Antipatros était maigre, apparut. Il s'avança vers le podium, les yeux fermés, se dirigeant à l'aide de son parapluie, et récita une litanie de mots incompréhensibles.

— *Melgamesh ehlbutz éhémorh ! Althæa ! Althæa !*

Ubald et Antipatros toussotèrent à l'unisson.

— Monsieur Stryge, vous vous adressez à nous en langue gargouille…

Le gros homme ouvrit les yeux et sursauta en découvrant les enfants qui l'entouraient.

— Pardonnez-moi, l'émotion me fait perdre mon français, dit-il en se raclant la gorge.

Alex remarqua que la voix du nouveau venu conservait une texture étrange.

— Mes jeunes amis ! Mes jeunes amis ! appela-t-il en écartant ses bras dodus. Il y a cinquante ans, notre grande salle réservée à la comptabilité bourdonnait comme une ruche. Tous les bureaux, les pupitres étaient occupés par des commis industrieux et zélés. Aux étages inférieurs de l'enfer, des nuées de collègues s'affairaient au classement des âmes. Et dans les abîmes infernaux, là où règne la flamme éternelle, moi-même, Asmodée Stryge, tel que vous me voyez ici, j'étais employé à leur cuisson.

Un murmure craintif accueillit ces derniers mots, mais le corpulent orateur poursuivit avec une émotion qui tranchait avec le stoïcisme d'Antipatros.

— Aujourd'hui, comme vous le voyez, nous ne sommes plus qu'une poignée ! Le spectacle est désolant, j'en conviens, mais ici vous êtes à l'abri des forces supérieures qui œuvrent autour de nous. Une main odieuse, s'écria le gros homme en brandissant son large poing, et d'une puissance inégalée a provoqué l'ouverture des portes de l'enfer et obligé les héritiers du prince des ténèbres à se découvrir au grand jour. Je parle de VOUS ! Plusieurs de ceux qui se trouvent sur cette tribune ont échappé de justesse à un sort pire que la mort.

Alex se demanda si elle avait bien entendu. Le paradis, un sort pire que la mort ? Depuis le temps que les hommes se souhaitaient le paradis à la fin de leurs jours, il y avait de quoi être surprise.

— Ceux qui doutent encore seront confondus ! gronda M. Asmodée, faisant vibrer le podium. Au terme de cette nuit historique dans les annales de la lutte entre le bien et le mal, le prince des ténèbres, qu'un sort injuste a jeté dans la déchéance et l'oubli, ressuscitera pour diriger son armée décimée. Je parle ici, bien sûr, de Lucifer, votre ancêtre à tous.

Alex ne put s'empêcher de pouffer. Lucifer, son ancêtre ? Et puis quoi encore ? Les poules ont des dents, peut-être ?

— Pa-pa-pardon, bégaya un jeune diable gris à lunettes, la main levée, ce qui déclencha des rires du côté des démons noirs. J'ai établi l'arbre géné-géné-alogique de ma famille et je n'ai vu aucun Lu-lu-lucifer dans nos branches, qu'elles soient directes ou co-co-co-latérales.

Vexé d'avoir été interrompu, l'orateur s'empourprait.

— Si vous le permettez, Asmodée...

Antipatros s'avança d'un pas et fit face aux enfants.

— En clair, Lucifer est votre grand-père à tous.

Quelques protestations accueillirent cette déclaration.

— Chacun d'entre vous possède une grand-mère qu'il n'a jamais connue, mais que le prince des ténèbres a bien connue, lui. Comme tous les Lucifer avant lui, sentant approcher son départ, il s'est assuré que ses gènes lui survivraient. Ingénieux stratagème utilisé depuis la nuit des temps pour reconstituer notre armée.

Antipatros rentra discrètement dans le rang, au milieu des murmures des jeunes démons.

Alex le dévisagea, les sourcils froncés et les dents serrées. C'était donc ça, l'histoire du grand-père ? Un simple jeu de mots ? Un subterfuge pour l'attirer ici ? Elle s'apprêtait à lui crier sa façon de penser lorsqu'elle se souvint qu'elle n'avait connu aucune de ses deux grands-mères. Elles étaient mortes bien avant sa naissance. Simple coïncidence, lui suggéra son esprit cartésien.

— Toujours le mot juste, cher Antipatros. Et parmi les descendants de Lucifer, un seul aura l'honneur de lui succéder. Celui dont le sens et les pouvoirs démoniaques innés seront assez puissants pour déclencher la fourche sacrée.

Le gros homme pivota dans un geste théâtral, pour dévoiler derrière lui une grande fourche de fer noir dont les trois sinistres dents étaient fichées dans une énorme enclume aux reflets rouillés. Ces instruments étranges trônaient à gauche de la statue autour de laquelle ils étaient réunis.

— Un seul d'entre vous a le pouvoir de la retirer et de régner sans partage sur tout ce qui nous entoure, conclut sur un ton dramatique le collègue d'Antipatros, en écartant ses gros bras.

— Wow ! Comme Excalibur ! souffla Thomas, surexcité, à l'oreille d'Alex. C'était pareil dans la légende du roi Arthur !

Alex était-elle la seule à voir réellement ce qu'englobait le geste du gros homme : une chapelle décrépite encombrée de détritus surplombant la grande salle avec ses airs de manufacture désaffectée, ses pupitres poussiéreux, ses murs sales?

Les autres enfants, même ceux qui paraissaient les moins braves tantôt, semblaient sous le charme des paroles d'Asmodée. Ils devaient s'imaginer déjà avec une couronne sur la tête et un sceptre dans la main, en train de donner des ordres à des armées de serviteurs cornus. Surtout le démon noir, qui ricanait dans son coin en contemplant la fourche.

Antipatros toussa deux fois, question de ramener poliment tout le monde sur terre.

M. Ubald fut plus direct. Il lissa ses moustaches et s'écria:

— D'ici là, nous avons du pain sur la planche! Mes collègues et moi avons jusqu'à l'aube pour faire de vous des démons accomplis, un apprentissage qui dure d'habitude six ans. Nous devons être opérationnels très rapidement, d'abord parce que la cérémonie de résurrection a lieu dans quelques heures à peine, mais aussi, et c'est plus grave, parce que l'ouverture des portes a ravivé les passions des hommes.

— Suppôts de Satan, à vos offices, ordonna Asmodée. Je vous rejoins à l'instant.

Antipatros Léonidas et M. Ubald s'inclinèrent et entreprirent de répartir les enfants
en petits groupes en les désignant de leur parapluie.

M. Asmodée descendit lourdement de
son podium, comme si le discours l'avait
épuisé, en murmurant de sa voix rauque :

— Et si l'héritier n'est pas parmi vous, s'il
a déjà été capturé, le cérémonial de la résurrection ne pourra pas s'accomplir. Vous erre-
rez dans la vie telles des âmes perdues, comme
les vieux suppôts que nous sommes, ignorés
de tous.

5

Les apprentis démons

— Que fait-on, maintenant ?

Séraph 3583 et Chéru 48479 venaient de terminer une fouille systématique de l'hôpital, mais leurs efforts étaient restés vains.

— Bébhel ne sera pas content.

— Oh non, il ne sera pas content.

— Bébhel a-t-il besoin de savoir qu'on a été attaqués en pleine livrai…

— … et qu'on a maintenant perdu la piste ?

Cette conversation à bâtons rompus entre les deux êtres lumineux avait lieu dans une armoire à balais du septième étage. Comme d'habitude, elle se déroulait de crâne à crâne sans l'intermédiaire de leurs voix.

— Et pour mon petit problème ? s'inquiéta Chéru, en effleurant du bout des doigts une des extrémités brisées de son antenne circulaire.

— Hé, ce n'est pas MON problème. Tu t'arrangeras avec Bébhel, décréta Séraph.

— Parce que c'est ma faute ? s'indigna Chéru. Ça aurait aussi bien pu t'arriver à toi. On est tombés ensemble, je te signale.

— C'est à toi que c'est arrivé, à toi de porter le blâme.

— Si je n'étais pas ce que je suis, je me demande ce qui me retiendrait de te casser l'auréole.

Une voix douce et chantante vint couvrir leur dispute cérébrale.

— Ciel 5 appelle unité mixte 1334 ! Ciel 5 appelle unité mixte 1334. Attendons toujours réception de votre démon rouge.

— Réponds, Chéru !

— Non, toi, réponds ! Après tout, c'est toi le séraphin de la plus haute hiérarchie angélique.

Séraph gratta sa tête blonde.

— Euh… Ciel 5, nous avons un problème !

— Vous avez un problème, unité mixte 1334 ? répéta la voix céleste, un peu moins douce et musicale.

Avant qu'ils aient le temps de s'expliquer, une autre voix, métallique et tranchante, retentit dans leur crâne.

— Réveillez-vous, là-haut ! Vous voyez bien que ces idiots en ont encore laissé s'échapper un !

* * *

Richard-Jules de Chastelain III abaissa brusquement les bras, qu'il avait orientés de travers au-dessus de sa tête. Dans son immense bureau climatisé de la tour portant son nom, au centre-ville, le milliardaire restait à l'affût des plus récents développements touchant de près ou de loin son extraordinaire entreprise, malgré l'heure tardive.

Et de Chastelain III se préparait une nouvelle fois à savourer la victoire !

Après des semaines d'efforts, ses foreuses avaient réussi à percer trois galeries dans la croûte terrestre à une profondeur que personne n'avait encore atteinte. Toutefois, le plus étonnant, c'est que ce personnage qui n'hésitait jamais à se vanter de ses bons coups était parvenu à cacher à la presse ses activités souterraines. Tout avait été mis en œuvre pour que le secret soit bien gardé, y compris l'allocation de primes généreuses pour acheter le silence des ouvriers.

Cependant...

— Comment vont les ventes de climatiseurs ? Je vous avais demandé de mettre la main sur la totalité de l'inventaire, grinça-t-il sans quitter des yeux l'écran de son ordinateur. Vous deviez aussi prendre tous les stocks de ventilateurs et autres appareils servant à rafraîchir, à refroidir et même à congeler, n'est-ce pas ?

— Cela a été fait comme vous l'avez ordonné, répondit une voix fatiguée dans son casque d'écoute.

Le jeune cadre à lunettes pianota sur le clavier de son ordinateur.

— Parfait ! Je veux que vous doubliez les prix maintenant !

En homme d'affaires avisé, de Chastelain III savait déceler les bonnes occasions et
en profiter.

Le problème, c'est que ses pérégrinations
dans le manteau supérieur du globe terrestre
faisaient grimper la température à la surface. Le
milliardaire fut d'abord agacé que son associé
secret n'ait pas cru bon de l'avertir de cette
éventualité. Puis, en homme pratique, il s'était
dit que l'opération serait terminée, les orifices
colmatés et toutes les galeries rebouchées avant
que les gens se rendent compte que cette chaleur ne provenait pas du soleil, mais qu'elle
montait du sol.

Le magnat savait que cette entreprise souterraine comportait une très forte part de risques — en plus de lui coûter atrocement cher. Cependant, si tout fonctionnait comme son partenaire mystère et lui l'avaient prévu, Richard-Jules de Chastelain III deviendrait non seulement l'homme le plus riche du monde, mais aussi de l'histoire.

— Euh… les prix ont déjà doublé, monsieur le président-directeur général, osa la voix dans les écouteurs.

— Alors quadruplez-les! ordonna l'homme d'affaires, en arrachant son casque d'écoute.

*　*　*

Alex se retrouva dans un groupe composé de Thomas et d'autres démons: un bleu, quelques noirs et d'autres gris dont le jeune bègue à lunettes. La fillette se sentit à la fois soulagée et déçue que l'adolescent déplaisant ne soit pas du nombre. Elle aurait bien aimé lui dire sa façon de penser. Seul le petit garçon silencieux ne semblait faire partie d'aucun groupe. Elle le chercha des yeux dans la grande salle, alors qu'Antipatros les menait entre les pupitres poussiéreux et les tables de travail encombrées.

— Imagine la scène : tout le monde à genoux autour de toi. Tu brandis la fourche vers le ciel, sous la lumière divine, pendant qu'une musique céleste fuse de partout…

— Youhou ! Thomas, réveille-toi ! On est chez le diable, tu te rappelles ? l'interrompit la fillette. Personne ne se mettra à genoux et la musique ne sera certainement pas céleste ni divine. Plutôt infernale, si tu veux mon avis.

Mais Thomas, tout absorbé par son rêve éveillé, ne l'écoutait pas.

— C'est ce que me racontait ma grand-mère dans sa lettre lorsqu'elle écrivait : « Celui qui meurt survit à travers les enfants. » Ça et plein d'autres métaphores. Je comprends, alors, ce qu'elle voulait me dire. Pourvu que ce soit moi ! Elle serait fière.

« Ouf ! » soupira Alex. Heureusement, elle n'avait jamais eu de telles lettres de ses grands-mères. Ça confirmait ce qu'elle pensait depuis le début. Elle se retint d'en parler à Thomas. Au moins, elle savait qu'elle ne serait pas l'héroïne de cette histoire compliquée, étant donné qu'elle n'était ni démon ni diable, seulement une rousse avec deux bosses plutôt mal placées sur le crâne. C'est peut-être pour cette raison qu'elle pouvait rester si terre à terre.

— Sérieusement… tu t'imagines devenir maître de quoi ? De ce tas de ferraille qui nous entoure ? Plus personne n'a peur du diable et, toi, tu aurais de la difficulté à faire mal à une mouche.

Le démon gris sembla redescendre de son nuage, si on peut utiliser cette expression à propos d'un diable.

— Tu as sans doute raison, admit Thomas, un peu piteux. Avoue que c'est un titre prestigieux. Et le simple fait d'être l'élu rien qu'une fois dans sa vie, de savoir qu'un destin extraordinaire nous attend, doit être spécial.

— Parce que tu trouves que se réveiller un bon matin avec des cornes et des ailes, ce n'est pas assez spécial ? D'être libéré des griffes d'une bande d'anges délinquants par des suppôts de Satan qui t'envoient directement en enfer, ce n'est pas assez original ?

— Tu comprends ce que je veux dire. J'ai toujours cru que ma famille était des plus ordinaires et voilà que j'apprends que ma grand-mère a eu une aventure avec Lucifer lui-même !

— Elle dit ça dans sa lettre ?

— Presque.

— Pourquoi ce n'est pas ton père, le démon ? Pourquoi ça saute une génération comme ça ?

— Faudra le demander à Antipatros. C'est probable qu'on n'aurait jamais su qu'on était des diables si quelqu'un n'avait pas ouvert ces fameuses portes.

— Si je le tenais, celui-là, cet ouvreur de portes, je lui ferais passer un mauvais quart d'heure. C'est à cause de lui si on est dans ce trou poussiéreux.

Antipatros les réunit devant une rangée de bureaux bas encombrés d'appareils bizarres semblant sortir directement de chez l'antiquaire.

Chaque pupitre était muni d'un énorme poste de radio en bois massif, surmonté de deux ampoules nues et d'un cornet de cuivre avec un tuyau en accordéon. L'ensemble était rattaché par des fils à demi rongés à une sorte de grosse machine à écrire qui devait bien dater de la Deuxième Guerre mondiale.

Avec des gestes posés, Antipatros Léonidas accrocha son parapluie et son imperméable à une patère. Il retira ensuite son veston et son melon et remplaça ce dernier par une visière verte de comptable. Il déclara de sa voix distinguée :

— Puisque nous devons, malheureusement, précipiter quelque peu votre apprentissage du métier de démon, nous passerons rapidement sur les diableries élémentaires pratiquées sur les articles inanimés telles que le chapardage de chaussettes dans les sécheuses ou l'ajout de kilos sur les pèse-personnes pendant la nuit.

« C'est donc là l'explication de ces deux grands mystères », se dit Alex en souriant.

— Les diableries de niveau deux ont des impacts plus graves quoique matériels… poursuivait Antipatros. Par exemple, égarer les clefs de voiture, mélanger des enveloppes de la poste ou même, au besoin, intervertir les panneaux de signalisation, autant d'éléments essentiels dans la pratique de votre nouveau métier. Toutefois, faute de temps, nous nous contenterons d'effleurer ces matières pour passer immédiatement aux interactions humaines. Si vous voulez bien vous approcher.

La demi-douzaine d'apprentis démons serra aussitôt les rangs, intéressée.

— Voici les pupitres sur lesquels vous travaillerez. Chacun d'entre eux est équipé d'appareils sophistiqués pour détecter et répertorier les demandes d'interventions démoniaques.

Un fou rire s'empara des apprentis.

— Appareils sophistiqués, tu parles, chuchota Thomas. Tout ce barda est bon pour la ferraille.

Antipatros se contenta de soulever un sourcil.

— Et pourtant, cher Thomas, cet appareil «bon pour la ferraille», comme vous le dites, nous permet de capter la totalité des conversations ayant cours sur terre. Nous disons bien toutes, exploit absolument hors de la portée de nos oreilles même démoniaques, vous en conviendrez.

— Je conviens, euh, j'en conviens, balbutia l'adolescent ailé, rouge comme une tomate.

— C'est impo-po-po, impossible, articula avec peine le démon à lunettes bégayeur. Il y a des milliers de con-con-conversations à la fois, euh, voire des centai-tai-taines de milliers.

— Le voxatographe filtre chaque seconde jusqu'à UN MILLIARD de conversations, entretiens, conciliabules et discours de toutes sortes, sans oublier le badinage, les commérages et autres bavardages.

— Un mi-mi-milliard !

— Et vous écoutez vraiment tout ce que les gens disent ? s'étonna Thomas.

— Ne nous sont signalés que les propos qui nous concernent, nous, les démons, répondit Antipatros. Veuillez vous choisir chacun un pupitre, mais ne touchez à rien à moins d'en avoir obtenu la permission expresse.

Alex s'installa au bureau situé à l'extrémité de l'allée et Thomas s'attabla à celui d'à côté. La fillette s'attira un regard sévère d'Antipatros lorsqu'elle voulut déposer sa planche parmi les appareils poussiéreux qui jonchaient sa table de travail. Elle se contenta de la glisser sous sa vieille chaise capitonnée.

— Regardez ! L'appareil réagit chaque fois qu'un humain quelque part sur terre prononce le nom du prince des ténèbres. Le plus souvent en vain. Songez à toutes les expressions qui font référence au diable dans le langage courant. *Se faire l'avocat du diable*, par exemple. Ou encore, *avoir le démon du jeu* et aussi *se démener comme un diable dans l'eau bénite*.

— *Tirer le diable par la queue*, peut-être ? rigola Thomas.

Antipatros fronça les sourcils.

— Si le jeune Thomas veut bien nous permettre de poursuivre, nous attirons votre attention sur ces deux ampoules sur vos bureaux, une blanche et une rouge. Observez bien le pupitre de Jérémie : vous verrez que la lumière blanche clignote. Ça se produit lorsque le nom du maître est invoqué de façon suffisamment solennelle et plus d'une fois par la même personne. Le voxatographe vous avertit ainsi qu'il est temps pour l'opérateur de se mettre en mode d'écoute. À vos cornets, s'il vous plaît.

Alex saisit l'espèce de pavillon de trompette qu'un tuyau en accordéon reliait à l'imposant appareil.

— Non, Jérémie, on ne parle pas dans le cornet, on s'en sert pour écouter. Votre main libre doit reposer sur la manivelle de la calculatrice qui se trouve devant vous.

— Où ça, une calculatrice ? demanda Alex.

La petite rousse examina attentivement ce qu'elle avait d'abord pris pour une vieille machine à écrire. L'appareil était muni d'une courte poignée chromée, d'un étroit rouleau de ruban de papier blanchâtre, et des chiffres ornaient les vieilles touches.

— Et moi qui croyais qu'on vivait à l'ère de l'électronique, souffla Thomas.

— Encore heureux qu'ils ne nous aient pas fourni un boulier, rétorqua la fillette.

— Vous devriez retirer votre casque, Alex, gronda poliment Antipatros. Le cornet doit être parfaitement installé sur le côté de la tête, de manière à recouvrir tout le pavillon de l'oreille. Voilà. Maintenant, chaque fois que vous entendrez quelqu'un annoncer qu'il serait prêt à donner ou à vendre son âme au diable, vous actionnerez la manivelle de la calculatrice.

La rouquine eut un mouvement de recul. On entrait dans un domaine surnaturel. Jusqu'ici, l'aventure, quoique parfois loufoque, n'avait rien de bien méchant. Par contre, s'il fallait prendre les âmes des gens… non ! Pas question !

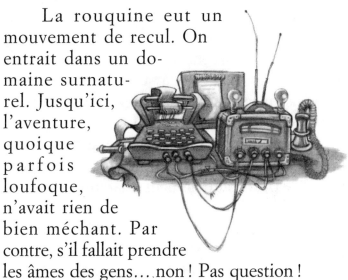

Le jeune bègue à lunettes exprima à voix haute leurs silencieuses interrogations.

— Vous voulez di-di-dire que notre travail va consister à ôter l'essence même des indi-di-vidus ? À ca-ca-capturer leur étin-tin-tin-celle de vie…

— Il n'y a aucune raison de s'alarmer, répondit Antipatros en soulevant sa visière verte. Le voxatographe ne fait que comptabiliser les âmes qu'on a l'intention de nous confier. On n'en prend pas réellement possession. Nos collègues des couches inférieures de l'enfer s'en occupaient auparavant, mais ces sections sont fermées. À vos cornets !

« Ah bon ! » songea Alex, à demi rassurée. « Tout ça pour ça ? » avait l'air de penser Thomas en se grattant la tête. Puis la fillette se mit à observer leur guide d'un œil neuf. Avec sa visière verte, sa veste rayée et ses manches au dessus lustré, il avait plutôt l'air d'un employé de bureau des années quarante que d'un maître d'hôtel.

Elle regarda ensuite ses collègues apprentis penchés au-dessus de leur calculatrice et, après avoir contemplé une nouvelle fois les rangées de pupitres, elle sut qu'Antipatros disait vrai.

Mais qui aurait pu prétendre que l'enfer était peuplé de comptables ?

Alex jeta à Thomas un regard interrogatif. Celui-ci lui fit signe de se taire. Il semblait absorbé par ce qu'il entendait dans son cornet. Tout à coup, un bruit de caisse enregistreuse qu'on ouvre et qu'on referme retentit. La rouquine étira le cou. Ça venait du côté du bègue à lunettes. Sa main était encore posée sur la manivelle qu'il venait d'actionner.

« Déjà ? » songea la fillette. Comment avait-il réussi ? Même après avoir retiré son casque protecteur et positionné le cornet bien à plat sur son oreille, Alex entendait surtout du vent… comme lorsqu'on essaie d'écouter la mer dans un coquillage. Parfois, dans un tourbillon, des mots inconnus prononcés dans des langues étranges lui parvenaient très faiblement avant d'être à nouveau aspirés, emportés par un souffle lointain.

La voix d'Antipatros s'infiltra jusqu'à son cerveau en passant par son autre oreille.

— Nous allions presque oublier… disait-il. Les humains ont donné jusqu'à trente-cinq noms différents au diable, dont Satan, Lucifer, Belzébuth, Moloch, Béhémoth, etc. Ici, dans notre portion de l'enfer, vous ne réagissez qu'au nom de Lucifer, compris ? Poursuivez ! Des problèmes, jeune Alex ?

La petite rouquine sursauta. Antipatros était penché au-dessus d'elle. Il lui semblait que le regard de leur guide s'attardait sur le haut de son crâne. Alex porta la main sur ses bosses. Elles étaient toujours là, aussi sensibles. Antipatros paraissait maintenant perplexe, sans doute parce qu'il la voyait pour la première fois sans son éternel casque fluo.

Elle allait hausser les épaules lorsqu'un crépitement se fit entendre dans son cornet. Le sifflement du vent s'estompa aussitôt. Une voix de femme, claire et nette, envahit son conduit auditif :

— Tu donnerais ton âme à Lucifer pour un plus beau gazon que celui du voisin ? Tu n'es pas sérieux, Fernand… Sûrement un coup de chaleur.

Un grognement répondit à la voix de femme. Probablement émis par le Fernand en question, pensa la fillette. Elle se demanda si elle devait actionner sa calculatrice.

— Maudit voisin ! J'ai beau la tailler, l'arroser, la saupoudrer d'engrais et de pesticides, ma pelouse reste moins belle que la sienne. Alors que lui, il ne fait rien. Il ne pense qu'à se reposer, à prendre des bains de soleil, à s'amuser avec sa femme et ses enfants. C'est injuste ! Je te le jure, Simone, si le diable existait, je lui donnerais volontiers mon âme.

— Viens donc te coucher, Fernand…

Cette fois, Alex tira sur la manivelle. Un nombre à dix chiffres s'imprima sur le ruban.

— Ça me rend malade ! poursuivait le grognon. Que Lucifer se présente devant moi, à l'instant, et qu'il me garantisse un plus beau gazon que celui du voisin, sûr que je lui vends mon âme... et la tienne, s'il le faut.

La rouquine s'empressa d'abaisser la manivelle deux autres coups. Un pour le grognon et un autre pour la femme. Mais avait-elle le droit d'inscrire deux fois la même personne — après tout, on a chacun une seule âme — et de calculer comme donnée l'âme d'un tiers ?

Elle allait s'en enquérir auprès de Thomas, lorsqu'une puissante sirène d'usine retentit dans la salle. Simultanément, la lumière rouge sur son bureau s'était mise à scintiller tel un gyrophare d'une voiture de police.

Oups ! Alex se sentit rougir des chevilles jusqu'à la racine des cheveux. Tous les visages étaient maintenant tournés vers elle. Du coin de l'œil, la plus que rouquine vit Antipatros fondre sur elle comme un rapace sur sa proie.

— Qu'est-ce que j'ai fait ? glapit-elle, en jetant son cornet maudit sur le pupitre.

— Déjà un cas d'intervention sur le terrain ! Les affaires reprennent, à ce que je vois ! tonitrua une voix de ténor dans son dos.

M. Asmodée avançait vers elle en se frayant, avec difficulté, un chemin entre les bureaux.

— Bravo ! Bravo, mon enfant ! s'exclama le gros homme en lui posant une de ses lourdes mains sur son épaule. On n'avait pas entendu cette sirène depuis fort longtemps. Excellent travail ! Félicitez votre collègue, vous autres !

Thomas lui fit un signe de la main et Jérémie, un sourire timide. Ils n'avaient pas l'air de comprendre plus qu'elle, cependant. À l'extrémité de la rangée, debout sur son pupitre, le démon noir lui lançait un regard mauvais.

— Antipatros ! Ubald ! Cette réouverture des portes est une bouffée d'air… brûlant. À l'évidence, les gens recommencent à penser à nous.

Antipatros toussa. Il avait soulevé sa visière.

— Désolé de vous interrompre, Asmodée. Toutefois, ce cas, qui réclame la présence d'un démon en chair et en os, nous force à devancer notre programme de formation.

— Excusez-moi. C'est que je suis si heureux. Moi qui croyais notre race en voie d'extinction.

— Rien n'est sauvé, Asmodée. Inutile de vous rappeler l'importance de la cérémonie qui se déroulera à l'aube. Nous vous proposons d'aller vous-même épauler l'apprenti pour cette première intervention à la surface. Les autres pourront suivre l'opération grâce au voxatographe.

M. Asmodée se moucha bruyamment. La fillette crut entendre le barrissement d'un éléphant.

— Tu as raison, Antipatros. Il reste tant à accomplir. J'y vais ! Et vous, mon enfant, lança le gros homme en direction d'Alex, allons faire honneur à votre grand-père !

— Voilà encore autre chose, maugréa la rouquine en rejoignant M. Asmodée sans trop savoir ce qu'on attendait d'elle. Il fallait qu'elle intervienne en personne ? Ça signifiait quoi ? « Que Lucifer se présente devant moi ! » avait dit le grognon dans le cornet tout à l'heure, avant que la commotion se produise. Y avait-il un rapport ?

— Attendez ! cria Thomas alors qu'Asmodée se dirigeait vers le couloir menant à l'embarcadère. Et les chaussettes dans les sécheuses ?

M. Asmodée s'arrêta à l'embouchure du passage et se retourna vers le démon gris avec un air surpris.

— Eh bien quoi ? Il s'agit de les prendre en passant lors de nos déplacements. Vous auriez sans doute été le premier à y penser.

Sans plus s'intéresser au garçon, Asmodée fit signe à Alex de le suivre.

La rouquine le rejoignit en courant.

Arrivé au bout du couloir, le gros homme écarta d'une poussée les pans d'une lourde porte métallique.

L'homme et la fillette se retrouvèrent face à une série de petites pièces numérotées. Comme les zones d'atterrissage du débarcadère, elles étaient disposées les unes à la suite des autres, et ce, à perte de vue.

Asmodée se dirigea d'un pas allègre vers l'une d'entre elles.

— Ah ! Mon fauteuil favori est toujours là. Prenez place, chère amie.

Dans l'alcôve choisie par M. Asmodée, un grand fauteuil capitonné trônait devant un immense four en fonte noirci de suie. Le feu qui y crépitait emplissait la petite pièce d'une faible lueur rougeâtre.

— Confortable ? s'informa M. Asmodée en prenant place aux côtés de la fillette.

Le fauteuil était si moelleux qu'Alex était d'ailleurs en train de se demander comment elle pourrait s'en extirper. D'autant plus que la chaleur qui émanait du four lui réchauffait doucement les pieds et qu'elle se sentait envahie par une torpeur. Il n'en faudrait pas beaucoup plus pour qu'elle s'endorme. Après tout, il était très tard et elle avait une sacrée journée dans le corps.

— On attend quoi ? demanda la fillette en réprimant un bâillement. Votre sécheuse est en panne ?

Les lèvres de l'imposant suppôt ébauchèrent un sourire.

— Elles n'étaient pas encore inventées lorsque l'enfer a été… disons… abandonné, déclara Asmodée en actionnant un levier à demi enfoui dans le bras du fauteuil. Alors nous, les suppôts, nous devons donc nous fier aux bonnes vieilles méthodes pour accéder à notre réseau de transport calorifique. En tant qu'ancien cuisinier des âmes, j'ai une préférence pour les fours. En surface, cependant, nous n'utilisons que les sécheuses. Plus sûr, de nos jours. Et moins salissant.

— Vous faisiez réellement cuire les âmes ? s'alarma Alex.

— Dans le grand feu éternel, au centre de la Terre. Je pouvais les faire rôtir, frire, griller, sauter ou encore, au besoin, les carboniser et même les pulvériser. Ah ! c'était le bon temps !

Le fauteuil s'était mis à avancer lentement vers l'âtre avec un bruit d'engrenages. Dans un grincement métallique, la porte du four s'abaissa. Alex remarqua avec un certain émoi qu'elle était aussi large que leur divan.

Ça n'allait pas du tout. Alex tenta de se redresser.

— Quoi ? Vous allez nous faire entrer là-dedans ? Mais nous allons frire !

— Est-il nécessaire de vous rappeler que nous sommes des démons ?

« Parlez pour vous ! » eut envie de hurler la fillette en se protégeant le visage avec ses bras et en relevant instinctivement les jambes lorsque le fauteuil s'inclina pour les déverser dans le four.

6

La part
du diable

Au lieu de la sensation de brûlure qu'elle anticipait, la rouquine entendit plutôt une puissante détonation.

L'instant d'après, la fillette fut propulsée par un courant d'air chaud dans un conduit semblable à celui qui l'avait amenée là.

Enivrée et un peu étourdie, elle en était à regretter sa planche, oubliée bêtement sous son bureau, lorsqu'une brusque bifurcation lui fit perdre l'équilibre. Après deux ou trois culbutes, la petite rouquine se retrouva le nez aplati contre une tôle froide. Asmodée apparut à ses côtés, imposant mais digne, et toucha la tôle avec la pointe de son parapluie.

Un panneau circulaire métallique s'ouvrit.

— Après vous, murmura Asmodée de sa voix éraillée.

Alex avança sa tête endolorie à l'intérieur de l'ouverture. Elle faisait face à un panier à linge, rempli à ras bord de vêtements pliés avec soin.

— Le seul véritable ennui avec le Calorifique, si vous voulez mon avis, c'est que l'arrivée se fait souvent de manière originale.

Alex avait l'impression que M. Asmodée s'adressait moins à elle qu'aux apprentis qui, dans la grande usine sous terre, devaient suivre leur progression grâce au voxatographe.

— Heureusement, continua à voix basse le gros homme en s'extirpant avec peine de la sécheuse, la nature vous a dotés d'attributs vous permettant d'amortir les atterrissages. Nous, suppôts, nous en sommes privés. Je parle bien sûr de vos ailes. Certains d'entre vous apprendront vite à se servir de leur queue comme balancier pour rétablir leur équilibre. Même qu'une fois votre formation complétée, vous n'aurez plus besoin d'utiliser le réseau calorifique. Mais ne brûlons pas les étapes, voulez-vous ?

À en juger par la position des fenêtres, la salle de lavage, au milieu de laquelle ils venaient de faire irruption, devait se trouver au sous-sol de ce qui semblait être une petite résidence de banlieue, songea Alex en se redressant.

— Je remarque que vous ne vous servez ni de l'un ni de l'autre, s'étonna Asmodée en s'époussetant.

Alex se sentit rougir dans la demi-obscurité.

— Je n'ai pas d'ailes ! Et surtout pas de queue. Du moins pas encore, s'empressa-t-elle d'ajouter pour le bénéfice de ceux qui devaient épier leur conversation, là-bas, en enfer.

— Pardonnez cette méprise, s'excusa M. Asmodée. Chez certains individus, ces appendices sont parfaitement invisibles.

M. Asmodée continuait de la fixer, ses épais sourcils froncés.

— Ça pose toutefois un problème. Un démon doit avoir l'air d'un démon. Surtout lors des interventions sur terre. Heureusement que j'ai mon en-cas. Tournez-vous, ordonna-t-il en brandissant son parapluie.

Alex hésita. Et puis quoi encore? Il n'allait tout de même pas lui faire pousser des ailes et une queue?

Devant l'air farouche de la fillette, Asmodée réfléchit un moment.

— Ayez confiance!

Sous les yeux de la petite rouquine s'effectua alors une extraordinaire transformation. Le cuisinier des âmes ouvrit le parapluie à demi pour ensuite l'aplatir d'un coup sec avec ses larges mains. Après, il disposa la toile et les baleines de façon à former deux grandes ailes noires. Et pour finir, à la manière des clowns sculpteurs de ballons, il étira le manche pour en faire une queue.

— Laissez-moi maintenant vous accrocher ça dans le dos. Dans l'obscurité, ça devrait suffire à impressionner notre bonhomme.

Avec ses petites bosses et maintenant ses grandes ailes noires, Alex songeait qu'elle devait vraiment avoir l'air de la petite-fille de Lucifer.

Elle se précipita derrière le gros homme, qui faisait déjà craquer les marches d'un escalier.

— Attendez ! Attendez ! On va entrer sans crier gare chez des gens qu'on ne connaît pas du tout ?

— Vous allez entrer, moi, je vais rester en retrait pour voir comment vous vous débrouillez.

Alex se mit à trembler comme une feuille.

— On va me prendre pour un cambrioleur, c'est sûr ! S'il fallait en plus qu'un gros chien-chien monte la garde au pied du lit de ses maîtres...

— J'ai mon parapluie, n'ayez crainte.

— Mais non, puisque je l'ai sur le dos, cria presque la fillette.

— C'est vrai ! Alors on avisera, dit tout bonnement M. Asmodée en reprenant son souffle. En général, il n'y a que la personne pour qui on est là qui nous voit. Vous entendez ? Chut !

Un ronflement nasillard les accueillit au rez-de-chaussée.

« Aïe ! Aïe ! Aïe ! » pesta mentalement Alex en retenant avec peine une furieuse envie de déguerpir. « Idiote ! Pourquoi n'y ai-je pas pensé plus tôt ? Voici l'occasion rêvée de prendre la poudre d'escampette. Dès que M. Asmodée abaissera sa garde, j'en profiterai pour m'enfuir. Imposant comme il est, il ne pourra jamais me rattraper. »

— Voyez comme ça s'arrange, trompetta M. Asmodée. Nul besoin d'aller jusqu'à la chambre. Regardez !

Au milieu d'un salon encombré trônait, sur un fauteuil rétractable incliné, un monsieur en pyjama mouillé qui ronflait, son crâne dégarni luisant de sueur au clair de lune. Soulignons aussi que le fauteuil était placé devant une grande fenêtre donnant sur le jardin du voisin.

— Original, murmura M. Asmodée. Une pièce avec vue sur la pelouse du voisin.

— Il faut vraiment être maniaque, s'indigna Alex.

— Ne vous étonnez de rien. La convoitise et la jalousie portent les humains à tous les excès, depuis la nuit des temps. Et tant mieux pour nous. Allez-y, chère enfant. Le temps presse.

La rouquine avala de travers.

— Mais qu'est-ce que je lui raconte ?

Asmodée l'observa avec bienveillance, de la façon dont on regarde un bambin qui ose ses premiers pas.

— Vous dites simplement que vous êtes le huissier de Lucifer venu officialiser la transaction. Dans ce cas-ci, je crois, l'âme est échangée contre une pelouse parfaite, n'est-ce pas? Alors, s'il est toujours consentant, la saisie s'effectuera, disons, dans une heure.

— D'accord! D'accord! répéta Alex en tremblant, même si elle n'était pas vraiment de cet avis. Et s'il ne me croit pas?

— Usez de votre imagination. Chut! Il se réveille. Je m'éclipse.

La fillette se retrouva donc fin seule devant le fauteuil inclinable, juste au moment où le ronfleur chauve, après avoir fermé brusquement la bouche, entrouvrait les paupières.

Vite! Alex sortit sa plus grosse voix et, sur un ton qu'elle voulait impressionnant, rugit:

— Ahem. Je suis un zuissier. Euh! Je suisse un zusuis. Euh! je sue et… ah! et puis zut…

Ça n'allait pas du tout. Elle ne ferait pas peur à une musaraigne en bafouillant de la sorte. D'ailleurs, ce n'était pas de la crainte qui se lisait sur le visage de l'homme qui clignait des yeux à répétition en redressant son fauteuil, seulement une grande, une très grande contrariété.

— Qu'est-ce que tu fabriques ici, toi ? grogna-t-il, en montrant les dents.

Alex devait réagir sans hésiter avant qu'il ne vienne à l'idée du bonhomme de lui faire un mauvais parti. Soudain, elle se remémora tous ces employés manuels venus travailler chez sa mère. Aussitôt, comme mue par son instinct de survie, elle croisa les bras et se mit à mâcher une gomme imaginaire.

— Je viens pour la pelouse.

— Ah ? s'étonna le client éventuel, une lueur d'intérêt au fond des yeux.

Alex fit semblant de consulter une liste dans sa main.

— Vous avez bien commandé un gazon plus beau que celui du voisin ?

Le chauve en pyjama déglutit avec difficulté.

— Qui êtes-vous ?

— Euh… Lucifer.

Devant l'air incrédule du bonhomme, elle s'empressa d'ajouter :

— Son huissier seulement.

Pas de bafouillage, cette fois-ci. L'homme l'examinait avec crainte en suant à grosses gouttes. Alex souhaita de tout cœur que son accoutrement du parfait petit diable ait l'effet voulu.

— Nous disons donc un gazon que nous garantissons plus vert, plus fourni et sans aucune mauvaise herbe. Vous connaissez notre tarif, puisque vous nous avez appelés.

— Votre t-t-tarif ? bégaya l'homme. Je vous ai appelés, moi ? Quand ?

— Il y a quelques instants en discutant avec votre femme. Alors ça vous coûtera une âme. Une. Ce n'est pas cher payé, car certains de nos concurrents en demandent parfois une et demie pour le même travail.

Une âme et demie ! Cette fois, Alex poussait le bouchon un petit peu trop loin. Elle chercha, un moment, dans les coins d'ombre de la pièce, la silhouette rassurante de M. Asmodée. En vain.

Le client semblait maintenant en profonde réflexion. Son regard fiévreux allait du

petit démon aux ailes rafistolées devant lui à la pelouse du voisin qui scintillait sous la lune.

— C'est un coup monté, votre truc ? Vous devez avoir une caméra cachée quelque part, hein ? C'est ma femme qui vous a donné le tuyau, c'est ça ?

— Votre femme dont vous étiez prêt à vendre l'âme au besoin ?

Les yeux écarquillés du chauve se fixèrent sur Alex. Puis il croisa les mains sur son cœur.

— Pitié ! Prenez mon âme, si vous voulez, mais gardez ma femme en dehors de ça.

« Ça marche, songea Alex. Ce pauvre fou vient de tomber dans le panneau. Faut vraiment qu'il y tienne à son gazon. »

La fillette s'éclaircit la gorge pour dissimuler son envie de rire.

— Bon, même si c'est contraire au règlement, je vous accorde cette faveur. Mais la prochaine fois, ce sera couic, compris ?

L'homme soupira. À demi rassuré, il dirigea à nouveau son regard vers l'espace gazonné.

— Votre travail, c'est garanti ?

— Personne ne s'en est jamais plaint ! ricana Alex.

— C'est bon, j'accepte ! s'exclama le bonhomme.

Toute la cupidité du monde se lisait maintenant sur son visage.

— Marché conclu ! s'écria la fillette, sur un ton qu'elle voulut viril pour dissimuler son soulagement. Nous prendrons donc possession de votre âme dans une heure environ. Vous pouvez dormir tranquille, ça ne vous fera aucun mal. Du moins, je l'espère, murmura Alex. Et pour la pelouse, ça devrait être réglé disons… hum, avant… hum, avant le matin. Ça ira ? Ça ira ? répéta-t-elle à l'intention de M. Asmodée.

Alex se sentit agrippée avec brusquerie par les épaules. Puis, non sans un certain étonnement, elle vit ses ailes s'élever au-dessus de sa tête et planer vers son client en pyjama que la frayeur avait repoussé au creux de son fauteuil.

Dès que le parapluie toucha le petit homme chauve, ce dernier ferma les yeux, renversa la tête en arrière et se remit à ronfler.

— Ouf ! je me demandais comment effectuer ma sortie, souffla Alex.

— Vous avez été parfaite. Vous avez mené cette affaire avec l'assurance d'un vétéran. Bravo !

Alex souhaita que Thomas et les autres soient encore à l'écoute en bas pour entendre ces compliments. «Pas mal pour une fausse démone», se félicita-t-elle.

— Venez ! Laissons-le à ses rêves gazonnés, dit M. Asmodée en récupérant son parapluie auquel il tenta de rendre une apparence plus ou moins normale.

— Mais qui viendra prendre livraison de son âme ? questionna Alex alors qu'ils descendaient l'escalier menant à la salle de lavage.

M. Asmodée la contempla avec un sourire amusé.

— Je suis surpris que vous n'ayez pas encore compris, chère amie. Ce sera une livraison symbolique. Dans une heure, votre calculatrice enregistrera cette nouvelle entrée dans la colonne des âmes vendues. Cet homme n'ira pas en enfer à la fin de ses jours. Personne n'y va plus à part nous, les démons, qui sommes chargés de comptabiliser les âmes données et non plus damnées. Pour les humains, l'enfer se vit dorénavant SUR terre et non sous. Pouvez-vous imaginer la vie d'un individu capable de donner son âme pour une poignée de gazon vert ? Quelle tristesse !

— Tout ça, c'est symbolique ?

— Nous vivons, malheureusement, à une bien drôle d'époque…

Alex resta un moment plantée devant la porte ouverte de la sécheuse, à soupeser la portée de cette déclaration. Comme les anges, les démons semblaient avoir une fixation sur les chiffres.

Comment expliquer cette manie de tout compter ? La lutte entre le bien et le mal se faisait-elle seulement en comparant le nombre d'âmes données à un camp ou à l'autre ?

Et pourquoi les démons avaient-ils le beau rôle jusqu'ici, alors que les anges se retrouvaient du mauvais côté ? L'endroit semblait à l'envers dans cette histoire où la conception moderne du ciel et de l'enfer en prenait pour son rhume.

— Et le gazon ?

— Le gazon ? Auparavant, une autre section de l'enfer lui aurait envoyé une équipe spécialisée pour lui installer un beau tapis vert. Ainsi, il ne se serait plus jamais plaint de sa pelouse. Souhaitons qu'il pleuve un peu cette nuit. C'est malheureusement tout ce que l'on peut faire. Les temps ont changé. Venez.

Le suppôt pénétra avec difficulté dans la sécheuse. Il tendit ensuite sa large main à la rouquine.

« Zut ! » songea Alex. Avec cette scène ridicule dans le salon et la séance de questions et réponses avec Asmodée, elle avait complètement oublié ses projets de fuite.

« Par contre, pensa-t-elle, il est encore temps de filer. » Elle n'avait qu'à tourner les talons, grimper l'escalier à toute vitesse et se précipiter à l'extérieur de la maison.

L'occasion était superbe. Le temps qu'Asmodée s'extirpe de l'appareil ménager, elle serait déjà loin.

— Vous venez, mon enfant ?

Après un long moment d'hésitation, sans trop pouvoir expliquer pourquoi mais avec la certitude qu'elle allait le regretter plus tard, la fillette vit sa menotte s'avancer lentement vers la grosse main tendue… et s'y blottir.

* * *

La radio de l'autopatrouille crépita dans la nuit.

— Voiture 36. Nous avons une entrée par effraction dans votre secteur. Rue du Président, en face du nouveau parc de rouli-roulant. Pourriez-vous aller y faire un tour ?

Un jeune policier très musclé décrocha le micro avec enthousiasme. Les appels pleuvaient littéralement depuis le début de cette nuit trop chaude. La canicule semblait avoir le don d'exacerber les tempéraments criminels de leur secteur.

— Circulons en effet rue du Président. Approchons du parc de rouli-roulant. Vous avez une adresse et un signalement ?

— Je déteste les entrées par effraction, grogna son collègue bedonnant en serrant plus fort le volant de ses petites mains moites. On risque toujours de faire de mauvaises rencontres. Surtout dans notre monde de «malades» et de désaxés. Le métier a bien changé, si tu veux mon avis.

Mais le jeune policier ne le voulait pas. Il écoutait les instructions transmises par la radio de police.

— La plainte émane du 402. Suspect de race blanche, tout vêtu de noir. Selon la plaignante, l'individu porte un déguisement. Euh… Et il est peut-être armé d'un fouet.

— Un déguisement! Un fouet! Qu'est-ce que j'avais dit, petit, hein? On est dans un monde de fous!

— C'est là! Ralentis!

Le policier à bedaine enfonça la pédale de frein et les pneus crissèrent sur l'asphalte brûlant.

— Dans ce métier, ce n'est pas tout d'avoir du muscle. Il faut aussi avoir quelque chose sous la calotte, disait-il en replaçant justement la sienne sur son front luisant. Alors, moi, je suggère qu'on attende tout bonnement ici.

Toutefois, son partenaire, qui n'avait cessé

de scruter les alentours depuis l'appel du central, avait d'autres projets.

— Regarde cette lueur qui progresse entre ces deux maisons. On va lui couper le chemin par la ruelle… Fonce !

* * *

— Encore un imprudent, chantonna le jeune cadre à lunettes en effleurant des doigts quelques touches de son clavier.

De nouvelles données scintillèrent sur l'écran lumineux. Richard-Jules de Chastelain III s'empressa de les retransmettre grâce à son gigantesque réseau de communication intégré. Pour plus de sécurité, il répéta l'opération de façon manuelle en positionnant ses bras de façon étrange au-dessus de sa tête.

Grâce à son flair — et à une équipe d'informaticiens triés sur le volet —, le difficile maillage entre son réseau et celui de son associé secret était quasiment accompli.

Restait à éliminer quelques difficultés : utiliser ses bras et ses mains comme antennes, entre autres.

* * *

— Pas plus à la maison qu'à l'hôpital. Chou blanc sur toute la ligne.

Séraph 3583 et Chéru 48479 rentraient bredouilles d'une visite éclair chez Alex.

— Toujours le mot pour rire, déclara Chéru, la mine basse. Tu crois qu'ils nous laisseront remonter maintenant ?

— On peut toujours demander…

— En déployant nos antennes ?

— Non, pas ici. Ça pourrait sembler bizarre. Et la tienne est brisée, je te signale.

Les deux anges se firent donc face et joignirent leurs mains. Une lueur rouge commençait à apparaître sur leurs poitrines respectives lorsque deux puissants projecteurs se braquèrent sur eux.

Ils entendirent des portières claquer puis un cri retentit, presque un aboiement : « ON NE BOUGE PLUS ! »

— Qu'est-ce qu'on fait, Séraph ? chuchota Chéru dans la tête de l'autre.

— Je n'en sais rien.

Deux formes bleutées émergèrent de l'écran de lumière.

Un policier costaud perplexe s'avançait, suivi d'un petit homme potelé dont la main droite était crispée sur son étui à pistolet.

— Qu'est-ce que vous faites là ? jappa ce dernier.

Son collègue toussota :

— Il s'agit d'être prudent. On avait comme signalement un jeune entièrement vêtu de noir alors qu'on se retrouve devant deux individus habillés de blanc de pied en cap.

— Ils ne me disent rien qui vaille, ces blondinets qui se tiennent par la main.

— Mais ça ne correspond pas…

— De la graine de racaille, j'en mettrais ma main au feu. Les gens qu'on surprend à courir sur les terrains privés à trois heures du matin sont rarement des anges.

— Et pourtant, ricana Chéru.

— Vous ne croyez pas si bien dire, enchaîna Séraph avec un sourire angélique.

Les policiers échangèrent un regard étonné. Ils auraient juré entendre les voix des deux jeunes hommes en blanc résonner dans leur tête.

— Ciel 5 appelle unité mixte 1334. On

nous signale apparence d'activité démoniaque dans votre secteur.

— Vous avez retrouvé la trace du démon rouge ? s'empressa de répondre Séraph.

— Nous ? demanda le plus jeune policier en indiquant du doigt sa poitrine musclée.

— C'est qui, ça, le rouge ? questionna son confrère.

Séraph et Chéru ne se préoccupaient plus des policiers, concentrant toute leur attention sur la communication avec le Ciel 5.

— Selon la description qui vient de nous parvenir, il s'agit sans doute d'un démon noir. On vous envoie de nouvelles coordonnées. Bébhel aimerait que vous tentiez son interception avant de rentrer…

— Bien reçu, Ciel 5, soupira Séraph 3583.

— Pfft. Ils veulent qu'on intercepte un démon noir, maintenant ? On n'a même pas réussi avec un rouge.

— Quand vous aurez fini de discuter de votre palette de couleurs, vous pourrez peut-être nous suivre au poste, ronchonna le policier grognon. Et ensuite à l'asile, ajouta-t-il pour lui-même.

Les anges semblèrent tout à coup redécouvrir les hommes à l'uniforme bleu. Les deux agents s'avançaient en douce vers eux, mains ouvertes, comme s'ils avaient la ferme intention de les saisir avant qu'ils s'envolent.

— Suivez-nous docilement et tout ira bien ! plaida le jeune policier.

— Où ça ? demanda le séraphin.

— Au poste, voyons.

— Au poste de quoi ? s'étonna Chéru. Et puis d'ailleurs, c'est impossible. On vient de nous confier une nouvelle mission et le temps presse avant…

— Nous aussi on a une mission, interrompit le petit policier bedonnant, et c'est de vous arrêter. Haut les mains ! ordonna-t-il en retirant son revolver de son étui.

— Qu'est-ce que c'est que ce truc noir et luisant que cet humain pointe sur nous ?

— Un autre de leurs objets étranges, sans doute, Chéru. Tu sais bien que les hommes ont besoin d'outils et d'appareils pour accomplir la moindre des choses. Bon, on les endort ou on les aveugle ?

Les deux anges orientèrent leurs mains en même temps vers les policiers.

— On les…

À cet instant précis, la porte d'entrée de la maison située à leur gauche s'ouvrit brusquement. Un individu qui présentait la particularité d'être tout vêtu de noir apparut sur le seuil. Il se pencha pour ramasser quelque chose d'assez gros, referma la porte et entreprit de dévaler les marches de l'escalier menant du balcon à la rue.

Quatre cent deux, indiquait l'écriteau cloué au-dessus de la porte d'entrée.

Un déclic se fit dans la tête du jeune policier. En moins de temps qu'il ne faut pour le dire, il avait pivoté, foncé, puis agrippé un long adolescent aux yeux égarés, qui serrait contre lui une planche à roulettes, et le ramenait vers sa voiture.

— Ça semble correspondre au signalement et en plus il sort de la bonne maison.

— Bien joué, petit, lança son collègue, tout en gardant les anges en joue. Hé ! je le reconnais, lui, c'est Spike, il a un dossier criminel aussi long que mon bras.

— Cette fois, j'ai rien fait, je le jure, se défendit le garçon. J'allais m'entraîner au parc de rouli-roulant.

— En pleine nuit ? Tu crois qu'on va avaler ça ? se moqua le policier. Alors, où as-tu mis ton déguisement et ton fouet ?

L'adolescent vêtu de noir cligna des yeux plusieurs fois, comme s'il n'arrivait pas à comprendre, puis une lueur apparut dans son regard.

— Vous n'y êtes pas du tout ! C'est ma vieille qui a appelé. Elle croyait qu'il y avait un voleur dans la maison, mais c'était juste un copain qui me faisait une farce.

— Drôle de farce ! Allez, au poste ! Toi

aussi, avec les deux autres malades. Vous êtes sans doute de mèche, hein ?

L'adolescent regarda longuement les deux gars en blanc. Il déglutit avec difficulté avant de répondre :

— Jamais vus de ma vie. C'est pas des gars du coin.

— Vous nous expliquerez tout ça au poste. Allez, ouste ! en voiture ! s'exclama le petit policier en leur montrant le chemin de la pointe de son revolver.

Mais le prénommé Spike, qui avait dans l'idée de profiter de la moindre distraction pour prendre la poudre d'escampette, n'était déjà plus qu'un point noir fonçant vers le parc de rouli-roulant avant que les policiers aient pensé à réagir.

— Poursuivez-le ! s'écria Séraph. Ce garçon est équipé du même dispositif à roulettes que le démon rouge. Il serait à propos de lui poser quelques questions, n'est-ce pas, Chéru ?

— Non mais ! De quoi je me mêle ? s'empourpra le plus vieux policier avant de se mettre à reculer rapidement. Eh ! Qu'est-ce que vous faites ?...

Une boule de lumière blanche s'était formée autour de la main du chérubin.

Un rayon jaune à deux branches surgit de la sphère et vint frapper les deux agents à la poitrine.

Le policier bedonnant s'écroula sur la pelouse en échappant son arme.

Son jeune collègue se mit à ronfler, debout, légèrement penché au-dessus de la portière ouverte.

Le séraphin contemplait la scène, bouche bée.

— Qu'est-ce qui t'a pris ? Ils auraient pu nous être utiles alors que les voilà au pays des rêves pour trois bonnes heures.

— Si tu veux mon avis, soupira Chéru, on perd notre temps ici.

— Si tu veux le mien, ce n'est vraiment pas ta soirée, marmonna Séraph.

La radio de l'autopatrouille se remit à crépiter.

Au même moment, une communication s'amorçait sur la fréquence céleste.

— Unité mixte 1334, ici Ciel 5. Où en êtes-vous ?

Le séraphin émit un long soupir avant de répondre :

— Encore des pépins, Ciel 5, mais tout est rentré dans l'ordre. Allons tenter une dernière vérification, si vous le voulez. Transmettez les données.

— Négatif. Bébhel réclame votre retour le plus tôt possible.

Les deux anges échangèrent un regard apeuré.

— Message reçu, Ciel 5.

— Ça va barder pour nous ! articula péniblement Chéru.

— Surtout pour toi, décréta Séraph, en s'engageant d'un pas rapide sur le trottoir. Allez ! On rentre.

— Quoi? à pied? s'étonna Chéru en le rattrapant.

— Tu crois qu'on n'en a pas assez fait comme ça? S'il fallait qu'on nous voie voler dans le ciel de la ville en plus…

Chéru émit un long sifflement qui se réverbéra dans leurs deux crânes.

— Je déteste ces quartiers résidentiels qui nous laissent à un kilomètre du plus proche ascenseur! Et pourquoi ça devrait barder plus pour moi que pour toi, hein? Est-ce ma faute s'il me manque un bout d'auréole? C'est toujours pareil avec toi!

* * *

Richard-Jules de Chastelain III consulta une dernière fois l'écran de son ordinateur. La confirmation qu'il attendait ne s'affichait toujours pas. Le milliardaire avait beau assurer le soutien logistique, technologique et financier de l'affaire, il ne pouvait quand même pas tout faire lui-même!

Il émit un grognement et reprit son examen des données relatives à son opération souterraine. Les temps d'intervention dans les galeries étaient excellents. La descente la plus rapide pouvait s'effectuer en trente-six minutes.

Le milliardaire aux allures de jeune cadre à lunettes s'autorisa un sourire. Avant la fin de la nuit, son équipe d'ouvriers d'élite entrerait en action. Ses formidables foreuses géantes et leur équipage attendaient fébrilement à l'entrée des galeries le moment où lui, Richard-Jules de Chastelain III, allait lancer l'opération la plus audacieuse du genre humain.

Son empire reposerait bientôt sur des bases inattaquables !

L'homme d'affaires réprima un bâillement. Ce n'était certainement pas le moment de s'assoupir alors que la gloire frappait à la porte.

Il jeta un dernier coup d'œil à son écran scintillant et s'étira. Prolongeant ce mouvement, il tendit les bras vers le ciel et les orienta pour former un triangle isocèle.

— J'arrive ! murmura ensuite le milliardaire en se dirigeant d'un pas rapide vers son ascenseur privé.

7

Le chemin des gargouilles

« Vraiment déplaisantes, ces langues de feu », songea Alex. Leur apparition le long des parois du tunnel lui flanquait la frousse à chaque occasion. Elle avait toujours peur de se brûler. Pourtant, elle ne ressentait aucune douleur, même en traversant le plafond de flammes. Les langues de feu, bleutées et vertes cette fois-ci, avaient au moins un avantage : elles annonçaient la sortie et donnaient le signal de se préparer à l'atterrissage qui, dans le cas de la rouquine, pouvait s'avérer assez brutal.

Pas maintenant, car dès son expulsion du Calorifique, elle se mit à glisser doucement sur une surface lisse qui courbait vers le haut à son extrémité un peu à la façon d'un toboggan. À sa grande surprise, Alex mit pied à terre entre la statue du diable à la dent cassée et la fourche plantée dans son enclume. C'était donc la crypte.

— Pardonnez-moi, grommela Asmodée en se posant avec lourdeur près d'elle. En raison de mon embonpoint et de l'état de mon parapluie, j'ai préféré prendre le chemin des gargouilles qui est de facture plus sommaire, mais ô combien plus sécuritaire à l'arrivée. Vous ne trouvez pas ?

Intriguée, Alex tenta de retracer l'étrange trajet qu'elle avait effectué depuis sa sortie du plafond de flammes. Elle avait d'abord dû descendre sur le toit de ce petit mausolée, sur lequel s'appuyait un grand cercueil laqué de noir. Celui-ci s'inclinait vers une tombe de marbre poli dont le couvercle formait une courbe ascendante prolongée par une pierre tombale à demi renversée.

« Pas exactement une demi-lune, songea la rouquine, fébrile, mais une rampe parfaite pour poursuivre mon entraînement, ici même. »

Elle eut une furieuse envie de courir récupérer sa planche à roulettes, afin d'inaugurer le tout nouveau parc de rouli-roulant de cette portion de l'enfer. Alex eut une pensée pour son gros copain Sam qui devait dormir à poings fermés là-haut, à la surface. Il aurait aimé voir ça...

— Le chemin des gargouilles ? s'inquiéta la fillette en jetant un coup d'œil apeuré aux alentours.

— Mon père était la dernière gargouille de race pure. Ses ancêtres œuvraient autour de la cathédrale de Rouen. Ça remonte à une bonne dizaine de Lucifer avant nous.

— Et vous ?

— Maman était humaine. Grande et grosse. Immense à côté de mon rabougri de père et surtout excellente cuisinière. Ça explique mon imposante stature et mon choix de métier infernal.

— Euh, désolée... bafouilla Alex.

— Allez, mon enfant. Rejoignez vos camarades apprentis. La nuit file et j'ai beaucoup à faire ici pour préparer la cérémonie de ré-surrection.

Avec une moue un peu triste, le gros homme ajouta :

— N'avez-vous pas hâte de rencontrer votre grand-père ?

Alex grimaça un sourire avant de tourner les talons. D'un côté, elle avait très hâte de voir quelle tête il avait, celui-là. Mais d'un autre côté, la fillette craignait que l'arrivée de ce personnage de sinistre réputation ne donne à son aventure une tournure beaucoup plus sombre et lugubre, un peu à la manière du détestable démon noir.

Absorbée par ses pensées, Alex n'avait pas remarqué que l'atmosphère avait changé du tout au tout dans la grande salle. Le silence de mort de leur arrivée avait fait place à un brouhaha, rythmé par le cliquetis des calculatrices. La salle restait toujours aussi vide. Seules trois rangées de bureaux étaient partiellement occupées sur environ une centaine. Mais entre ces îlots d'activité s'effectuait un va-et-vient bruyant.

La fillette écarquilla les yeux : certains des plus grands démons noirs semblaient se déplacer à quelques centimètres du sol, sans avoir besoin de bouger les jambes. L'un deux passa devant elle en bourdonnant. Seule l'extrémité de ses ailes s'agitait. C'était toutefois suffisant pour lui permettre de se déplacer lentement au-dessus du sol.

Alex repensa à son costume de diable fabriqué avec le parapluie d'Asmodée et elle eut un pincement de jalousie. Même si elle savait parfaitement qu'elle n'avait rien d'un démon, elle sentit un léger complexe d'infériorité l'envahir.

Thomas lui faisait de grands signes de la main.

— Pendant que tu étais partie, j'ai eu un cas de séduction, deux de jalousie et un autre de paresse, lui apprit le démon gris lorsqu'elle retourna à son bureau. Jérémie, lui, n'a eu que des cas de jalousie. Malheureusement, on n'a eu aucun cas méritant d'aller en personne à la surface. Et toi, chanceuse, ça s'est bien passé, à ce qu'on a entendu ?

— Vous nous avez écoutés dans le Voxatographe ?

— Quelques petits bouts, entre nos appels, mentit Thomas avec un sourire entendu.

La rouquine rougit en se remémorant ce moment gênant où elle se débattait avec le mot huissier.

— Hum… Heureusement qu'Asmodée était là avec son parapluie, s'empressa-t-elle d'ajouter. Parce que pour moi, sans ailes ni queue ni parapluie, ça commençait à devenir gênant.

— J'ai justement quelque chose à te montrer, s'écria Thomas en se levant. Regarde !

Le démon gris se concentra un moment, puis les petites ailes de chauve-souris accrochées à ses épaules s'agitèrent. Les battements étaient erratiques et désordonnés, pourtant Thomas réussit à se soulever du sol d'environ dix centimètres et se mit à pivoter lentement. Il tournoya ainsi à une vitesse réduite pendant une dizaine de secondes avant de se poser, essoufflé.

— Voilà, ce n'est que le début, mais ça s'appelle *virevoler*. On essaie de voler tout en virant sur nous-mêmes à une vitesse vertigineuse. M. Ubald prétend que lorsqu'on maîtrise cette technique, plus besoin de prendre le Calorifique, on peut se dématérialiser et se rematérialiser où l'on veut. Même les anges n'arrivent pas à faire ça. Le problème, c'est que ça peut prendre des années d'efforts. Certains n'y parviennent jamais.

— *Virevoler*, tu dis ? Bien entendu, il faut des ailes pour réussir ça, soupira Alex, avec un pincement de jalousie. Bravo. Excellent début, continue !

— Pas besoin d'être condescendante, lança le démon noir déplaisant en débouchant dans leur allée, suivi de deux autres démons de la même couleur, le trio volant à un demi-mètre du sol. Moi aussi, j'y suis allé, à la surface de la Terre. Et j'en suis revenu en me servant de ces choses que tu ne sembles pas du tout connaître. Ça s'appelle des « ailes » ! lui cria-t-il au visage.

— Tu es déjà capable de *virevoler* parfaitement ? s'exclama Thomas.

— Eh oui ! Même si c'était pour pas grand-chose. Un gars dans une banlieue miteuse qui voulait s'assurer de gagner un ridicule concours de planche à roulettes.

Alex sentit sa mâchoire tomber.

— Il voulait que Lucifer lui garantisse que personne ne le battrait. Surtout pas une fille. Il semblait obsédé par la chose. Un sport idiot ! Quel accoutrement affreux ! Celui-là avait des anneaux dans les sourcils et des épingles de sûreté plein le maillot.

La fillette restait là, la bouche grande ouverte, à se demander s'il pouvait réellement s'agir de Spike. Quelle horrible coïncidence avait réuni la terreur du parc de rouli-roulant et le prétentieux et désagréable démon noir ?

— Et qu'est-ce que tu as promis à Sp… euh, au gars ? Tu lui as accordé ce qu'il voulait ?

— Rien de plus facile. Il est le meilleur, paraît-il. Et c'est sûr qu'aucune fille ne le battra. Il y a des sports et des endroits OÙ LES FILLES N'ONT PAS DU TOUT LEUR PLACE !

Le démon noir avait élevé la voix pour la dernière partie de sa phrase et tout le monde guettait maintenant la réaction d'Alex, qui rougissait comme une tomate au soleil.

Pourtant, ce n'était pas la première fois que la rouquine était confrontée à de la moquerie parce qu'elle était une fille. C'était le cas au parc de rouli-roulant et ça semblait malheureusement être le cas ici aussi. Elle serra les dents, retroussa ses manches et leva les poings.

— Apprenti Nicolas! Nous vous prions de conserver un minimum de respect pour les humains, leurs goûts, sports et manies.

Le démon noir se retourna, surpris, pour se retrouver face à face avec Antipatros.

— Après tout, humain, vous l'étiez encore totalement il y a quelques jours, souligna celui-ci sans se départir de sa légendaire politesse. Allez, reprenez le travail!

— Bien sûr, s'empressa de répondre l'apprenti Nicolas en s'éloignant avec un sourire méprisant.

Alex bouillait. Antipatros aurait pu au moins exiger un peu d'égards pour le seul apprenti de sexe féminin. Non mais…

Et pourquoi fallait-il que ce soit ce prétentieux à cape qui ait reçu cet appel? Si c'était elle qui avait répondu, tu penses que cette terreur de Spike l'aurait reçue, sa garantie? Il aurait plutôt eu la peur de sa vie! «Et avec quoi tu l'aurais terrorisé ? ricana une petite voix dans sa tête. Avec une grimace ? Tu n'as aucun pouvoir. »

Alex grogna de rage. C'était vraiment le summum de l'injustice d'être coincée ici sans pouvoir s'entraîner, pendant que son principal adversaire passait un pacte avec le diable pour l'empêcher de gagner. Il y avait de quoi défoncer les murs à coups de poing.

En plus, cet appel provenait de SON quartier. L'occasion aurait été belle de faire faux bond à Asmodée, de rentrer chez elle en courant et de retrouver son lit douillet. Alex songea à sa mère, d'ordinaire si occupée. Passait-elle aussi une nuit blanche ? Ses larmes de rage se transformaient en larmes véritables et Antipatros la fixait.

Heureusement, la grande sirène d'usine vint à son secours. L'ampoule rouge du bureau de Thomas se manifesta à son tour.

— Hourra ! À moi, enfin ! cria le démon gris. C'est une grosse femme jalouse de sa voisine qui lui mange des sucreries et des pâtisseries à la figure, sans jamais engraisser. Elle veut voir Lucifer, sur-le-champ.

Antipatros s'empressa de le féliciter.

— Bravo, Thomas! Alex vous accompagnera. Elle pourra vous conseiller.

— Je n'ai même pas eu le temps de prendre un appel...

— Vous en prendrez un en revenant. Les apprentis qui ont l'expérience d'une intervention à la surface de la Terre doivent être rapidement mis à contribution si nous voulons arriver à former tout le monde à temps. Partez sans crainte, nous porterons une attention particulière à votre expédition et nous serons en mesure de vite intervenir au moindre problème.

Thomas, debout devant son appareil, agitait ses ailes, sans beaucoup plus de succès que tantôt.

— Ça ne vous arrive jamais de vous matérialiser au milieu d'une messe noire? demanda-t-il nerveusement.

— Je vous rappelle que nous, suppôts, n'utilisons que le Calorifique, rectifia M. Ubald qui les avait rejoints en tortillant sa moustache. Pour ce qui est des sectes sataniques et des adorateurs du diable, qui nous font depuis toujours une terrible réputation, nous les ignorons tous. C'est la pire punition dans leur cas !

— Merci, Ubald. Toutefois, il serait préférable que l'apprenti Thomas cesse de remuer ses ailes. De toute évidence, il n'est pas fin prêt pour le *virevolage*. Nous allions lui conseiller respectueusement l'embarcadère.

— Avec raison ! Qu'il s'assure par contre que le voxatographe ait bien transmis les coordonnées à ses cornes.

— Hum ! Il leur faudrait un troisième comparse, remarqua Antipatros.

Il parcourut d'un coup d'œil la rangée d'apprentis qui agitaient les bras derrière leur pupitre, dans l'espoir d'être l'heureux élu. Juste au moment où Jérémie avait réuni assez de courage pour se lever, Antipatros leur tourna brusquement le dos.

— Nous nous permettons, avec modestie, de suggérer la présence de ce jeune homme, dit-il en pointant un index osseux vers le haut du mur.

Alex plissa les yeux et regarda dans la direction indiquée.

Tout contre le mur sale s'élevait une sorte d'échafaud, qu'elle n'avait pas encore remarqué, sur lequel un apprenti s'affairait à la lueur d'une torche fumante.

La moustache de M. Ubald frémit.

— Le plieur de verre ? En effet, pourquoi pas ? Vous avez sans doute raison, le moment est venu. Allez le chercher ! On l'avait affecté à la réfection des fenêtres des dortoirs.

Puis, à voix basse, en posant la main sur l'épaule d'Antipatros, Ubald ajouta :

— Vous savez ce que vous faites, j'espère.

Thomas et Alex, qui s'en voulaient d'avoir complètement oublié le jeune garçon silencieux avec toutes ces péripéties, se précipitaient vers lui.

— Eh ! Là-haut ! C'est vrai, il n'a pas de nom, comment veux-tu qu'on réussisse à l'appeler ?

Thomas avait agrippé un des pieds de l'échafaud et s'apprêtait à le secouer, lorsque la rouquine s'écria :

— Extraordinaire ! Tu as vu comment il répare ces fenêtres ?

Le jeune autiste était en train de remplacer un carreau de couleur vert bouteille. Avec un petit marteau d'enfant tenu maladroitement, il clouait les feuilles de verre sur le cadre de bois. Le clou passait à travers le verre sans le faire éclater ou même fendiller.

— Wow ! Il ferait un malheur à la télévision !

— Ça commence à devenir agaçant, grommela Alex en escaladant l'échafaud. Tout le monde ici a un don quelconque, sauf moi. À croire que je suis la seule cruche en circulation.

Elle grimpa jusqu'au garçon silencieux et lui saisit la main. Il la regarda un instant sans vraiment la voir et voulut reprendre son travail. Mais elle insista. À force d'être tiré par le bras, le garçon finit par déposer son marteau et descendre.

— Ma planche ! lança Alex en posant le pied sur le sol. J'allais encore l'oublier.

La fillette retourna à sa rangée en traînant le plieur de verre derrière elle. Elle récupéra sa planche sous son bureau, enfonça son casque sur sa tête — non sans une grimace en raison de ses bosses encore douloureuses — et s'écria :

— Je suis prête !

Sous l'œil vigilant d'Antipatros et de M. Ubald et le regard envieux des autres, les trois apprentis se dirigèrent en courant vers l'embarcadère.

Alex dut tirer très fort sur le bras du jeune autiste pour réussir à le faire asseoir sur le grand fauteuil. À son habitude, il murmurait sans cesse entre ses dents, comme s'il chantonnait une petite comptine.

— Qu'est-ce qu'il radote ?

— Je ne sais pas. On dirait des chiffres, répondit la rouquine en actionnant le levier enfoncé dans le bras du fauteuil.

— 4 897 568 342 ! hurla le plieur de verre quand le fauteuil s'ébranla et que la porte du four s'abaissa.

— Ça ressemble au nombre qui était sur ma calculatrice, remarqua la fillette.

— 3 876 579 014 !

— Ça, c'est le mien, je crois, constata Thomas.

Le fauteuil continuait sa progression inexorable vers les flammes avec des bruits de chaînes et d'engrenages.

Complètement agité, le jeune autiste énuméra sept autres nombres à plusieurs chiffres d'affilée, pendant qu'Alex et Thomas faisaient de leur mieux pour le retenir.

— Sans doute les chiffres des autres calculatrices, cria Thomas, alors que le fauteuil atteignait l'ouverture brûlante. Il a dû les lire en passant.

«Quelle étrange maladie de l'esprit, songea Alex. Avec lui, l'enfer n'a plus besoin de calculatrices.»

La fillette se cabra brusquement lorsque ses pieds effleurèrent les flammes. Avec tout ça, elle avait oublié de caler sa planche à roulettes sous ses chaussures de sport. Elle n'aurait jamais le temps avant la détonation!

CLANG! Trop tard!

8

Le cinquième ciel

Après les contorsions habituelles du Calorifique à travers la croûte terrestre, les trois apprentis débouchèrent dans la buanderie d'un grand immeuble à appartements. Alex, sa planche sous le bras, s'extirpa d'une grande sécheuse, en remorquant tant bien que mal le jeune autiste. C'est au pas de course qu'ils rattrapèrent Thomas qui s'engageait déjà dans l'ascenseur.

— Notre jalouse habite au dix-neuvième étage, dit le démon gris, tout excité, en appuyant sur le bouton correspondant sur le panneau.

— Et comment le sais-tu ? demanda Alex, en même temps que les portes se refermaient.

— En fait, je ne le sais pas. Ça passe entre mes cornes. Elles sont reliées par ondes aux machines d'en dessous. Comme les parapluies des suppôts.

Le plieur de verre s'installa devant le panneau, où le nombre dix-neuf scintillait faiblement, et fixa son attention sur les rangées de boutons.

— De quelle façon comptes-tu pénétrer dans son appartement à cette heure de la nuit ?

— Facile. Je défonce sa porte avec une hache de pompier. Voyons, petite cousine ! J'avais simplement prévu cogner à sa porte et lui demander gentiment de nous laisser entrer.

— D'accord, gros malin. Et si elle nous la referme au nez et court appeler la police ? dit Alex en repensant à sa première intervention, chez le maniaque du gazon. Écoute, ça ne sert à rien de vouloir impressionner les gens à ce stade-ci de notre apprentissage de démon, j'ai moi-même essayé. Alors, un conseil : comporte-toi comme tout bon livreur ou colporteur ou réparateur, ça devrait suffire. Et fais semblant de mâcher de la gomme…

— OK, acquiesça le démon gris. Et lui?

La petite rousse observa le jeune autiste qui marmonnait en hochant la tête avec une régularité presque mécanique.

— Je vais le garder avec moi. On se cachera dans un coin. Au moindre problème, on accourt avec la hache de pompier.

— Qu'est-ce que tu crois qu'il fabrique, en ce moment?

— Il est probablement en train d'enregistrer dans sa tête l'ensemble des nombres, des mots et même des idéogrammes qui sont sur le panneau de contrôle, dans l'ordre, le désordre, en diagonale, etc.

— C'est bizarre, remarqua Thomas, tous les étages sont allumés et pourtant on ne s'arrête nulle part.

Alex sentit un frisson lui parcourir l'échine.

La totalité des boutons était effectivement illuminée. Une lumière blanche s'infiltrait sous les portes. En plus, l'ascenseur grimpait maintenant à une vitesse vertigineuse.

— Les anges ! cria-t-elle. Ils nous refont le coup ! Cet ascenseur ne s'arrêtera jamais au dix-neuvième étage. Il nous emmène directement au ciel. À moins qu'Antipatros intervienne !

L'appareil se mit à vibrer et à siffler et la cabine à se remplir de cristaux lumineux. Si elle se fiait à son expérience à l'hôpital, c'est à ce moment-ci qu'Antipatros était censé faire son apparition.

— Accrochez-vous !

La montée était fulgurante. Écrasée contre le mur par l'accélération, Alex était obligée de plisser les yeux à cause de la lumière ardente dans la cabine. Le plieur de verre était à genoux, les mains sur les oreilles, et ses lèvres articulaient des mots ou des chiffres que personne n'entendait. Dans l'autre coin, Thomas battait fébrilement des ailes tout en essayant de pivoter.

— Ah non ! Pas de *virevolage* ! grommela la rouquine. Ce n'est vraiment pas le moment de disparaître !

C'était plutôt l'ascenseur qui s'effaçait. Le contour des portes et des murs s'évanouissait dans le blanc incandescent. Même la rampe, à laquelle Alex s'agrippait, se dématérialisait. Sa main semblait accrochée au vide. C'était comme si l'ascenseur était en train de se dissoudre. Les vibrations et les sifflements s'adoucissaient peu à peu et l'impression de grimper s'estompait.

— Revoilà notre gentil démon rouge ! claironna une voix dans la tête d'Alex.

— Il nous amène deux de ses amis. Ça nous en fera mille huit cent quarante-cinq, poursuivait une autre voix à l'intérieur de son crâne. Bébhel avait raison de croire qu'on pouvait encore se racheter.

Les zigotos à plumes ! Ils devaient se trouver tout près d'elle, mais elle ne les voyait pas encore en raison de l'intensité de la lumière.

— Ne bougez pas, lança Alex à l'endroit de ses compagnons. Nous ne sommes plus seuls !

— Je me disais aussi que j'entendais des voix. Où sont-ils ? s'alarma Thomas.

Le problème, c'est que, puisque ces voix résonnaient dans leur tête seulement, il était impossible de savoir d'où provenait le son. Alex plissa les yeux pour mieux voir.

— Là !

Le brouillard de particules de lumière s'éclaircissait. Deux silhouettes ailées familières s'avançaient en glissant sur un nuage de fumée. Toujours aussi jeunes, blonds et beaux, quoiqu'il manquât un bout d'auréole au plus souriant des deux.

Alex décida de prendre les devants.

— Bon ! Séraph 3583 et Chéru 48-je-ne-sais-plus-combien, je vous présente Thomas, mon ami démon gris…

Thomas semblait sur le point de s'évanouir.

— … et, euh, je ne peux pas vous présenter le troisième membre de notre groupe puisque personne ne connaît son nom.

— Jacob, dit Séraph en envoyant la main au jeune garçon. Jacob Desmoines, autiste, plieur de verre et futur suppôt. Spécimen unique sur Terre, en ce moment.

— Et grâce à qui nous avons pu si facilement vous retrouver à la surface, puisque, comme l'a si bien fait remarquer Bébhel, il porte sur lui un morceau de mon auréole, dit Chéru en soulevant la manche du jeune garçon silencieux.

Le bout de tube de verre luisant trouvé par Alex dans l'ascenseur de l'hôpital était à présent enroulé autour du poignet de Jacob, à la manière d'un bracelet. Et il scintillait avec la même intensité que l'auréole de Chéru.

D'un geste vif et gracieux, l'ange s'empara du bracelet de lumière et le porta à ses yeux pour l'examiner de plus près.

— Beau travail ! Tu peux me le déplier, maintenant. Pas facile d'entendre les communications célestes quand il vous manque une section d'auréole. On est obligés d'utiliser nos bras comme antennes et ça ne vaut pas grand-chose.

Jacob continua de regarder ailleurs, en marmonnant, selon son habitude.

— Vous l'avez dit vous-même, il est autiste, expliqua la fillette.

— Demandez-lui de le déplier, alors.

— Mais on ne peut pas, je vous le répète. Séraph intervint.

— On réglera ça plus tard, Chéru. Venez ! Le huitième archange-percepteur Bébhel, gouverneur du cinquième ciel, veut vous rencontrer avant… euh…

Les deux anges échangèrent un regard gêné.

— … vous verrez bien. Suivez-nous !

Brrr. Pas très encourageant tout ça, se dit Alex qui n'avait qu'une seule envie, se réveiller de ce rêve bizarre qui tournait de plus en plus au cauchemar. Elle jeta un rapide coup d'œil aux alentours, à la recherche d'une éventuelle porte de sortie, mais la visibilité se limitait à quelques mètres.

Au-delà, le brouillard lumineux reprenait ses droits. Se désintégrerait-elle dans cette lumière, à la façon de l'ascenseur, tantôt, si elle tentait un sprint ? Tomberait-elle dans le vide, en mettant le pied hors du nuage ?

Aucune issue. Alex et ses camarades n'avaient d'autre choix que de suivre les anges.

Au premier pas, la fillette eut l'impression de poser le pied sur un coussin moelleux. «C'est comme marcher dans de la guimauve», songea-t-elle à la deuxième enjambée. La petite rouquine risqua un coup d'œil à ses pieds.

Un nuage de fumée d'un blanc très pur enveloppait ses chevilles.

— On est réellement au ciel ? osa demander Thomas.

— Il y a cinq ciels, chacun d'entre eux contenant de cinq cents à mille nuages, répondit par politesse Séraph.

— Encore des chiffres, soupira Alex.

— D'habitude, nos nuages sont situés au sommet de gratte-ciel et de montagnes. En fait, les nuages ont tendance à se tenir au sommet de n'importe quelle haute structure au-dessus de laquelle la circulation aérienne est quasi inexistante.

— Le ciel était devenu si achalandé qu'on était obligés de changer de nuage chaque fois qu'un avion approchait, enchaîna l'autre ange. On a eu des blessés, vous savez. Ici, pas besoin de s'écarter sans arrêt, sauf pour laisser passer un hélico, de temps à autre. Ah, voici Bébhel.

Alex en eut presque le souffle coupé.

Il s'agissait sans aucun doute du plus bel homme qu'elle ait jamais vu, que ce soit en chair et en os, sur papier ou sur écran. L'expression «beau comme un dieu» lui parut tout à coup amplement justifiée. Grand, blond, d'une perfection de traits surnaturelle, de proportions parfaites, l'archange-percepteur Bébhel répandait sa splendeur à la façon d'un César, à demi couché sur un lit de nuages chatoyants, un bras distingué négligemment appuyé sur sa jambe repliée.

Alex était paralysée par cette vision céleste. Elle remarqua à peine les êtres lumineux, plus flous et évanescents qui gravitaient autour de l'archange. Elle ne s'étonna même pas de la présence, improbable en ce lieu, d'un type à lunettes qui, avec des airs de jeune cadre dynamique, pianotait en retrait sur un clavier d'ordinateur.

— Trois fois bravo ! dit l'archange d'une voix pourtant peu enthousiaste. Voilà une belle façon de réparer vos précédentes maladresses, mes bons amis. Et vous prétendez que celui-là a un don ? ajouta-t-il en désignant Jacob de son menton parfait — aux yeux d'Alex.

Chéru et Séraph souriaient béatement, aussi fiers que si la reine d'Angleterre venait de les anoblir.

— Comme je l'avais prédit, votre erreur, mon cher 48479, s'est retournée à notre avantage.

Les yeux bleus, presque violets, se posèrent ensuite sur la fillette qui faillit s'évanouir.

— Je m'a… euh, je me, zut! Comment
allez-vous? bredouilla-t-elle.

— C'est bon, mes amis, soupira Bébhel.
Faites comme pour les autres. Et réparez-moi
cette antenne, 48479, ça ne m'amuse plus,
lança-t-il dans un bruissement d'ailes en dis-
paraissant à son tour dans le flou lumineux.

Alex mit du temps à redescendre de son
nuage — expression tout indiquée. Encore
éblouie par la force, la majesté, la grâce, le
charme viril, même, de l'archange, elle recon-
naissait cependant que la lassitude de la voix
gâchait un peu le portrait. Ce ton blasé cadrait
mal avec le physique d'Apollon. Des gens tue-
raient pour avoir un tel corps.

— J'espère que vous n'êtes pas supersti-
tieux, demanda Séraph.

La question fit pouffer de rire Chéru.

— C'est parce qu'on vous emmène au
treizième étage, enchaîna le séraphin.

En effet, l'ascenseur se rematérialisait peu
à peu autour d'eux, même si les alentours res-
taient teintés de blanc pur et de jaune vif.

— Qu'est-ce qu'il a de spécial, cet étage ? riposta Alex.

— Vous avez sans doute remarqué que dans la plupart des gratte-ciel, il n'y a pas de treizième étage. On passe du douzième au quatorzième. Les constructeurs croient que le treizième porte malheur. C'est l'étage qui n'existe pas. On s'en sert comme donjon. C'est là qu'on évacue nos indésirables.

Alex se rappela avec effroi les propos de M. Ubald : « L'ouverture des portes a rallumé la flamme des héritiers, mais le gang des anges les cueille généralement avant nous… »

« Où êtes-vous, monsieur Ubald ? implora-t-elle. Et qu'attend donc Antipatros pour intervenir ? » « Nous n'aurions plus jamais entendu parler de vous », avait-il déclaré après l'avoir sauvée des faux médecins à plumes.

L'annihilation pure et simple, était-ce réellement le sort qui les attendait ?

Un chatouillement à la hauteur de l'estomac lui indiqua que l'ascenseur avait amorcé sa descente et que leur évacuation vers le treizième étage ne saurait tarder, ainsi que la destruction qui s'ensuivrait. Le cœur de la fillette se mit à battre si fort qu'elle avait l'impression qu'il allait lui sortir par la gorge.

Une larme coula sur la joue de Thomas.

— Tu sais ce qui me fera le plus de peine? C'est qu'on ratera la cérémonie du retour de grand-père.

— Tout n'est pas encore perdu, l'encouragea Alex sans conviction.

— J'aurais aimé passer le test de la fourche. Et si c'était moi l'héritier, hein? pleurnichait le démon gris.

Il avala de travers en voyant les deux anges braquer leurs bras sur eux.

— Je crois que je ne le saurai jamais.

— Faites de beaux rêves, les gars, rigola Chéru 48479.

Alex rougit. C'était la deuxième fois que ces malotrus ailés la prenaient pour un garçon. Puis elle rugit:

— Je ne suis pas un gars, espèces de cornichons!

— Quoi? dit le séraphin, le bras suspendu.

— Qu'est-ce qu'il raconte? murmura Chéru, toujours plus lent à réagir.

— Pas IL. ELLE ! Je suis une fille ! cria Alex en croisant les bras sur sa petite poitrine.

Le séraphin recula d'un pas.

Les yeux de Chéru se révulsèrent et il se mit à réciter la fiche médicale de la fillette.

— Alex Di Salvo, 478-b, rue du Président. Commotion cérébrale de niveau deux, double protubérance sur la face exocrânienne de l'os frontal, maux de tête…

Le séraphin interrompit son collègue :

— Alex, c'est masculin. Nous avons vérifié. C'est un diminutif d'Alexandre.

— Alex pour AlexandrA, bougres d'idiots. Alex sert pour les deux sexes.

— Oh ! mon Dieu ! balbutia le chérubin en se tenant la gorge et en agitant les ailes de façon désordonnée.

— Qu'est-ce qu'il a ?

— Euh… Je crois qu'il est terriblement gêné. C'est à propos de notre première rencontre à l'hôpital. Il vous avait demandé de relever votre, euh… votre jaquette.

— Je m'en souviens, coupa Alex. Est-ce une raison pour s'évanouir ?

Le séraphin hésita avant de répondre d'une voix craintive :

— Bien, c'est que nous ne sommes pas censés entrer en contact avec des femelles depuis la déchéance des anges. Encore moins quand elles sont dé… démones.

— Je suis une fillette de douze ans, bande de maniaques !

— Au secours ! Un succube ! Un succube ! hurla le chérubin en levant les mains au ciel.

Alex en avait assez des divagations de ces guignols du ciel.

— Réveillez-vous, bande d'idiots ! Je ne suis ni un succube, comme vous dites, ni un démon ! Je n'ai pas d'ailes de chauve-souris, pas plus que de queue fourchue ni pointue, pas même de cornes. Ça, ce sont deux bosses que je me suis infligées en tombant de ma planche à roulettes au parc de rouli-roulant. C'est pour ça que j'étais à l'hôpital, espèces d'attardés mentaux. Ah ! et puis ça suffit ! Ôtez-vous de mon chemin !

Les anges avaient battu en retraite dans un coin de l'ascenseur pendant qu'Alex les enguirlandait à pleins poumons. Ils avaient l'air horrifiés, sur le point de s'effondrer.

— Je vous en supplie, ne nous touchez pas, sanglota le chérubin.

— Bande de lâches ! s'enhardit Thomas. Vous savez comment on appelle les gars dans votre genre qui ont peur des femmes… euh, des filles, je veux dire ?

— Ouvrez les portes de l'ascenseur, ordonna Alex.

Les deux anges tombèrent à genoux et se mirent à prier.

— Ouvrez ou je vous touche !

— Pitié. Non ! Les deux anges se blottirent l'un contre l'autre, en tremblant, les yeux fermés, comme s'ils avaient peur de recevoir un coup.

Alex avança le bras.

L'ascenseur décéléra subitement et les portes s'entrouvrirent. La cabine s'était arrêtée entre deux étages à la hauteur d'une tranche de béton qui devait constituer le plancher d'un étage et le plafond d'un autre.

— Hourra ! s'écria Thomas.

Il agrippa la main de Jacob, le plieur de verre, et l'aida à se faufiler dans l'ouverture qui menait à l'étage du bas.

— Et n'essayez pas de nous suivre, sinon… menaça la fillette en faisant semblant de
se jeter sur eux.

Puis, elle se glissa à son tour dans l'em-
brasure, sans oublier sa planche à roulettes.

Antipatros, en personne, l'accueillit de
l'autre côté.

— Pas trop tôt, grogna la fillette, en se
précipitant à sa suite vers l'escalier dans lequel
s'engageaient déjà Thomas et Jacob.

— Heureux de vous revoir, jeune Alex,
déclara le suppôt d'un ton détaché.

La petite rouquine dévala une bonne
douzaine de marches avant de répondre,
boudeuse :

— Bien sûr que je suis contente de vous voir, Antipatros. J'aurais pourtant aimé que ce soit un peu plus tôt.

— Vous vous en tirez adéquatement, à ce que nous pouvons voir, observa le grand homme digne.

— Pas mal, hein ! lança Thomas, entre deux marches. Elle nous a sauvé la vie.

— Bof ! On doit plutôt notre salut à la grande imbécillité des anges, maugréa Alex.

Antipatros s'arrêta pour une pause sur le premier palier.

— Nous savions que, une fois à la surface, le gang des anges vous retracerait facilement en raison du morceau d'auréole qu'Alex avait donné au plieur de verre. Votre capture a permis de découvrir où étaient emprisonnés les apprentis kidnappés.

— Il y en a mille huit cent quarante-cinq, a révélé le chérubin, précisa le démon gris en reprenant son souffle.

— Vous vous êtes servis de nous comme cobayes ? s'indigna Alex.

— En quelque sorte.

— Et maintenant que vous savez où ils

sont gardés, allez-vous faire quelque chose ?

— Nous avions prévu faire quelque chose, comme vous dites, au moment où les anges auraient ouvert l'accès à ce sinistre mais ingénieux treizième étage, pour vous y incarcérer. Toutefois, la commotion causée par la découverte de la nature réelle de votre sexe par ces messieurs a tout remis en question. À présent, il est trop tard pour tenter un nouveau sauvetage des apprentis avant la cérémonie de résurrection qui devra malheureusement se dérouler sans eux.

Alex se sentit un peu coupable d'avoir nui à l'opération de sauvetage et surtout d'avoir douté d'Antipatros. Avait-elle eu le choix ? Était-ce sa faute si on ne l'avait pas mise au courant des plans qui se tramaient ?

— C'est quoi un succube ? demanda-t-elle pour changer de sujet.

— Au Moyen Âge, on appelait « succubes » les créatures mi-femme mi-démon en qui s'incarnait le diable lorsqu'il avait l'intention de séduire les hommes dans le but d'obtenir une faveur quelconque.

— Pouah ! protesta la fillette. Je ne plairais même pas à un moustique affamé. Le Bébhel là-haut m'a regardée comme si j'étais transparente.

Thomas s'approcha d'elle et la prit doucement par les épaules pour la réconforter.

— C'est vrai ce que tu as raconté aux anges, tantôt, petite cousine? Tu n'es pas une démone?

Antipatros, songeur, contemplait la fillette.

Piteuse, Alex fixa dans l'ordre le démon gris, le grand suppôt et ses pieds.

— Parfait, s'écria Thomas, enjoué. Ça fait donc un candidat de moins pour l'épreuve de la fourche. Ça augmente mes chances…

Antipatros s'immobilisa subitement au pied de l'escalier du sous-sol et leur fit signe de se taire.

Un cliquetis métallique se produisit. «Pas déjà les anges», songea Alex en jetant un regard circonspect dans la direction d'où provenait le tintement.

Un gardien de sécurité à l'air soupçonneux refermait la porte de la buanderie de l'immeuble à logements en s'assurant qu'elle était bien verrouillée. Puis il se mit à vérifier les serrures des autres portes du sous-sol.

— On lui fait le coup de l'inspecteur des sécheuses ? demanda la rouquine.

— Pas cette fois, rétorqua Antipatros en pinçant les lèvres. Il serait plutôt risqué de tenter l'opération avec trois enfants pendus à nos vieilles jambes. Attendons sagement que ce gentleman ait terminé sa ronde.

9

Le cérémonial de résurrection

Une demi-heure plus tard, Thomas jaillissait le premier du Calorifique.

Il atterrit en papillonnant sur les pavés poussiéreux de l'enceinte 335 du débarcadère. Antipatros et le plieur de verre, timidement accroché au parapluie de l'homme, surgirent ensuite du plafond de feu et se posèrent en douceur près du démon gris.

— Et la jeune Alex ? demanda Antipatros.

— Elle était devant moi, mais elle a soudainement pris tant de vitesse que je l'ai perdue de vue. Je crois qu'elle a réussi à grimper sur sa planche à roulettes.

Le grand monsieur digne souleva un sourcil, signe qu'il était contrarié. L'idée de circuler en planche à roulettes dans les tunnels du Calorifique devait constituer pour lui une sorte de sacrilège.

— Elle devrait donc déjà être ici. Veuillez vous donner la peine d'entrer, jeune Thomas.

L'adolescent ailé franchit l'immense portail clouté, à demi rassuré. Il lui avait semblé déceler une certaine tension dans la voix du grand homme digne. L'espace d'un instant, l'impassibilité coutumière du majordome, capable d'annoncer sans sourciller à ses maîtres qu'un hippopotame venait d'atterrir dans la salle de bal, avait fait place à… de l'inquiétude.

C'est alors seulement que le démon gris remarqua le silence anormal qui régnait dans la grande salle. Les rangées de bureaux étaient aussi vides que lorsqu'il les avait vues la première fois. Les lumières des voxatographes étaient éteintes et la sirène restait muette. Et aucune trace des apprentis comptables, des huissiers ou des suppôts.

— Mais où sont-ils tous passés?

— Là-haut, dans la crypte, répondit Antipatros en indiquant de la pointe de son parapluie l'espèce de chapelle qui, au bout de la grande salle, était illuminée comme si on y célébrait une messe de minuit.

Thomas écarquilla les yeux. Les apprentis faisaient cercle autour de la grande statue de Lucifer à la dent cassée. L'un d'entre eux s'avançait cérémonieusement pendant que les autres scandaient une sorte de prière.

— Ne me dites pas qu'on a raté la cérémonie? Ce n'est même pas l'aube!

— Elle a plutôt été devancée pour une raison que nous ignorons encore. Pressons-nous!

Le démon gris n'eut pas besoin qu'on le répète. Il s'élança vers la crypte au pas de course. Il se sentait devenir fébrile. Il souhaitait très fort qu'aucun de ses camarades ne réussisse l'exploit de retirer la fourche de l'enclume avant lui.

«Pourquoi le jeune démon noir déplaisant est-il assis à l'écart des autres sur une sorte de siège surélevé? A-t-il déjà réussi?» se demanda Thomas avec inquiétude.

— Regardez !

Un apprenti venait d'agripper le manche de la fourche. Thomas reconnut Jérémie, le démon bègue à lunettes. Mais celui-ci eut beau fermer les yeux, crisper les lèvres et tirer de toutes ses forces, la fourche ne bougea pas. L'apprenti Jérémie laissa retomber les bras et retourna se fondre, penaud, dans le cercle de ses compagnons.

Thomas émit un soupir de soulagement.

— Nous ne voyons pas la jeune Alex, remarqua Antipatros.

— Zut ! Elle va manquer le retour de grand-père.

* * *

Au même moment, non loin de là, la petite rouquine broyait du noir, adossée à la paroi rugueuse d'un tunnel creusé sommairement dans le granite et le basalte.

À cause de son étourderie, elle allait rater la cérémonie. Elle se traitait de gourde pour s'être écartée ainsi du groupe, elle qui n'avait ni cornes ni parapluie pour se guider à travers les dédales du Calorifique. « Tous les tunnels mènent à l'enfer, lui avait dit Antipatros… » Pourtant, elle se demandait pourquoi le sien avait débouché sur cette espèce de galerie de mine, où elle avait bien failli se casser le cou à l'atterrissage.

Alex se flanqua un grand coup sur le casque.

— Idiote que je suis ! Si c'est une galerie construite par les humains, il n'y a qu'à la suivre ! Ça devrait me mener droit à la surface… et à la liberté !

Excitée, mais aussi un peu décontenancée par sa découverte, la fillette ramassa sa planche et fit quelques pas à droite. Elle se heurta aussitôt à un mur de débris rocheux.

— Cul-de-sac ! La galerie se termine ici.

Elle allait rebrousser chemin lorsqu'une lueur rougeoyante attira son attention. Il semblait y avoir une petite ouverture au pied du mur de débris. Alex s'en approcha en faisant débouler des pierres et jeta un coup d'œil par le trou. La chaleur intense la fit reculer, mais elle avait eu le temps d'apercevoir du feu de l'autre côté. Et pas n'importe quoi : des langues de feu. Toutes reliées entre elles pour former une espèce d'écran de flammes.

Alex émit un grognement.

— Le rideau de feu qui ceinture l'enfer ! Tu sais ce que ça signifie ? s'interrogea-t-elle à haute voix. Il te faudra des heures pour remonter cette galerie à pied, répondit-elle à son écho, en donnant un coup de pied sur un caillou.

La petite rouquine fit donc volte-face et entreprit avec courage l'ascension de la portion gauche de la galerie qui devrait normalement, pensa-t-elle, la mener jusqu'à la surface de la Terre. En effet, après quelques enjambées, le sol se mit à monter sous ses pieds et la progression devint difficile, d'autant plus qu'il faisait diablement chaud par ici et de moins en moins clair au fur et à mesure qu'elle s'éloignait de la bouche du Calorifique.

Alex grommelait. Elle n'arrivait pas à s'enthousiasmer. En fait, maintenant qu'elle avait pris la décision de s'enfuir et de retourner à la vie normale, elle se sentait un peu triste. À une exception près, elle n'avait rencontré que des gens sympathiques sous terre, Antipatros, Asmodée, Thomas et les autres suppôts et apprentis. Que leur arriverait-il maintenant ? Qui gagnerait le combat entre les anges et les démons ? Lucifer reviendrait-il pour diriger sa pauvre armée de comptables des ténèbres ? Et qu'adviendrait-il du plieur de verre ? « Futur suppôt », avait prétendu l'un des zigotos à plumes, mais comment cela pourrait-il être possible avec son autisme ?

La fillette soupira. Il lui fallait retourner à la réalité, à son quartier, à ses amis et à ses jeux. Pourtant, même l'idée de retrouver son parc de rouli-roulant adoré ne parvenait pas à la rendre joyeuse.

Les yeux brûlants de larmes, Alex songea qu'elle s'ennuierait particulièrement d'un grand monsieur digne nommé Antipatros Léonidas, dont la froideur et la rigidité, elle le savait, dissimulaient une âme d'une grande rigueur morale et surtout… un cœur d'or.

La rouquine pesta contre sa sensiblerie en s'essuyant les yeux du revers de la main. Après tout, les suppôts valaient-ils vraiment mieux que les anges ? Les deux groupes ne s'étaient-ils pas rendus coupables, chacun à leur façon, de kidnapping d'enfants ?

— Kidnapping, répéta Alex à voix haute en flanquant un coup de pied sur un gros caillou.

« À bien y penser, se dit-elle, pouvait-on encore parler d'enfants dans leurs cas ? Ils étaient maintenant presque autant démons qu'humains et cette proportion allait continuer de changer. N'était-ce pas leur rendre service que de les accueillir alors que leurs propres familles les rejetaient parfois ? N'était-ce pas faire preuve de charité que de les héberger dans cette période trouble ? Après tout, les anges ne se donnaient pas autant de peine : ils se contentaient de faire disparaître les apprentis. »

Alex allait s'accorder une pause pour se remettre les idées à la bonne place, lorsqu'elle sentit une vibration sous ses pieds. Un grondement lointain, venant de plus haut, se fit entendre. Quelques secondes plus tard, le sol commençait à trembler et le bruit s'amplifia rapidement jusqu'à devenir assourdissant. Tout à coup, un jet de lumière éclaira l'extrémité du tunnel. Avant d'être éblouie par la lueur des phares, Alex crut entrevoir une espèce de bulldozer géant équipé d'un cône métallique entortillé à l'endroit où aurait dû se trouver la lame.

La fillette mit un moment à réaliser que ce monstre d'acier fonçait droit sur elle. Une fois cette donnée assimilée par son cerveau, elle fit vite demi-tour et prit la fuite.

L'appareil gagnait du terrain. Et elle ne cessait de trébucher sur des cailloux et des débris rocheux. C'était déjà difficile de progresser dans un puits de mine, encore plus d'y cavaler comme si on avait le diable à ses trousses!

Alors que la foreuse géante n'était plus qu'à quelques mètres d'elle, Alex se jeta dans l'ouverture par laquelle elle avait émergé du Calorifique et s'y blottit.

«Qu'est-ce qui se passe? Comment expliquer la présence de cet appareil si proche de l'enfer?» se demanda la fillette en reprenant son souffle. Puis, en voyant l'immense mèche tirebouchonnée se profiler devant elle, elle se rappela cette conversation entre M. Ubald et Antipatros. Selon M. Ubald, quelqu'un avait entrouvert l'une des portes de l'enfer. Et Antipatros qui disait ressentir une perturbation dans la ceinture de feu. C'était donc ça, ce petit trou qu'elle avait vu rougeoyer tantôt. Quelqu'un avait percé cette brèche dans la barrière protectrice de l'enfer et cette personne, si l'on se fiait à l'allure de cette machine, s'apprêtait à FRANCHIR le plafond de feu, cette fois.

Qui avait intérêt à perturber ainsi l'équilibre du monde ? Les anges, bien sûr ! Mais les anges conduisaient-ils des bulldozers-foreurs ?

Elle allait bientôt être fixée. La machine infernale avait ralenti à la hauteur de la bouche du Calorifique où Alex se cachait, et une cabine de pilotage abondamment illuminée entrait peu à peu dans son champ de vision.

Une puissante détonation se produisit. Puis la fillette sentit un souffle d'air chaud dans son dos.

— Non ! Pas maintenant !

Dans un bruit de succion, le Calorifique l'aspira sans qu'elle ait eu le temps de découvrir qui était aux commandes de la foreuse géante qui s'apprêtait à enfoncer la barrière protectrice des enfers.

Déçue mais résignée, la rouquine glissa instinctivement sa planche sous ses pieds, en espérant de tout cœur se rendre à bon port, cette fois.

Presque aussitôt, le tunnel bifurqua et des langues de feu vert et bleu apparurent, signe qu'elle approchait du plafond de feu. Le Calorifique l'avait aiguillée dans le chemin des gargouilles ! Elle allait atterrir dans la crypte ! Alex s'arc-bouta sur sa planche pour s'assurer d'avoir encore plus de ressort à la sortie.

Elle traversa l'écran de flammes telle une femme-obus et effectua une superbe boucle en glissant sur les structures funéraires — toit du mausolée-grand-cercueil-tombe-de-marbre-pierre-tombale-renversée — qui formaient une sorte de toboggan et, par le fait même, comme l'avait prédit la fillette, une excellente rampe de parc de rouli-roulant.

Alex échappa un cri de joie qui s'étrangla aussitôt dans sa gorge. Elle venait de passer par-dessus deux têtes au visage déformé par la peur et la surprise et fonçait tout droit sur un poteau de métal qu'elle ne se souvenait pas d'avoir vu auparavant.

— CLING !

Le nez de sa planche percuta la tige métallique de plein fouet. Le choc fut tel que la rouquine en perdit son casque. Elle effectua une nouvelle culbute, presque à la verticale, et allait retomber tête première sur le sol — de nouveau — lorsque sa main droite réussit à agripper l'extrémité du poteau, auquel elle resta accrochée un moment, en se balançant.

Un léger déclic métallique se fit alors entendre et la tige s'enfonça de quelques centimètres. Elle s'inclina ensuite jusqu'au sol, permettant ainsi à la fillette de réaliser un surprenant atterrissage en douceur.

Alex se pencha pour récupérer son casque qui était tombé près de l'enclume.

L'enclume ?

Se pourrait-il que ce « poteau de métal » qu'elle venait de percuter soit en fait... Oh non ! Ne me dites pas que c'est LA fourche ?

En effet, l'instrument du diable gisait à ses pieds, ses trois puissantes dents piteusement recourbées vers le sol de la crypte.

« Je l'ai brisée ! s'alarma Alex. J'ai brisé la fourche de Lucifer. Par mon étourderie, j'ai saboté l'épreuve servant à lui désigner un successeur ! »

Elle hésitait entre prendre ses jambes à son cou et tenter de réparer sa gaffe de son mieux, lorsque son regard surprit un mouvement à sa gauche.

Jérémie et le jeune démon qui avait scié ses cornes se relevaient en s'époussetant. Alex se rappela les deux têtes ahuries qu'elle avait survolées. Puis elle se rendit compte que tous les autres apprentis et les trois suppôts formaient un cercle autour de la statue du diable et de sa fourche maintenant libérée de l'enclume, donc autour d'elle.

« Oh ! Oh ! pensa Alex. Me voilà dans un sacré pétrin. »

Tous avaient la bouche grande ouverte et la fixaient avec des yeux écarquillés dans lesquels se lisaient l'incrédulité, la stupéfaction et

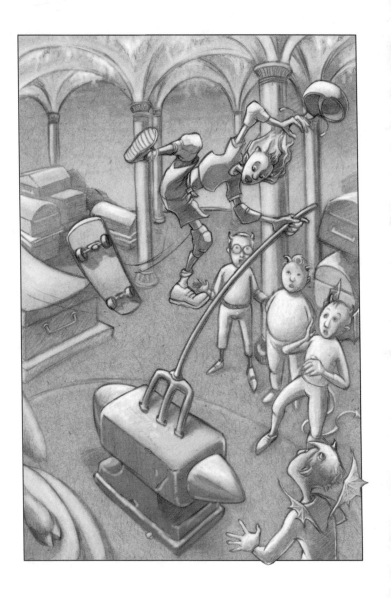

même l'effroi. Antipatros avait l'air carrément en furie. Même la statue semblait lancer des éclairs de feu.

— Euh, pardon. J'ai l'air d'un chien dans un jeu de quilles, là, je sais, mais croyez-moi, je ne voulais surtout pas déranger. Je… j'ai eu un petit accident, que je vais réparer sans tarder. Si vous le permettez, je vais tout vous expliquer.

Comme personne ne réagissait, la fillette chercha une bonne, une vraiment bonne excuse pour justifier sa récente conduite. Soudain, elle se rappela la foreuse, la galerie de mine.

— … C'est que je voulais vous avertir ! Ils approchent ! Ils ont une grosse machine qui fait des spirales dans la terre. C'est vrai ! Et je crains qu'ils n'arrivent d'une minute à l'autre. Écoutez ce que je raconte, à la fin, c'est important !

Antipatros inclina sa grande carcasse digne en un salut qui lui fit presque balayer le sol avec son front.

— Votre Seigneurie…

M. Ubald, la moustache frétillante, pencha le buste à son tour, suivi d'Asmodée et, un à un, des apprentis, sauf le jeune démon noir, qui restait perché sur son banc.

— Qu'est-ce que vous faites ? Je vous répète qu'ils arrivent !

— Elle a ré-ré-réussi ! Alex l'a re-re-retirée ! s'écria Jérémie.

La rouquine contempla à nouveau la fourche couchée contre sa planche à roulettes comme un rail du parc de rouli-roulant.

— Euh… Ce n'est rien. Je vais vous réparer ça tout de suite.

Elle se dépêcha de ramasser l'outil et inséra les trois longues dents dans les orifices laissés béants sur l'enclume. Un autre déclic se fit entendre et le métal se referma autour des pointes, les emprisonnant.

— C'est impossible ! Elle n'est même pas démon ! cria le diable noir sur son siège. Elle n'est pas des nôtres. En plus, c'est une fille ! Jamais une « créature » n'a accédé au titre de Lucifer.

— Oh ! vous, taisez-vous, le réprimanda Asmodée de sa voix éraillée. Vous n'avez pas le droit de parole, puisque vous êtes en pénitence. Si vous n'aviez pas tenté de retirer la fourche avant le temps, nous n'aurions pas été obligés de devancer la cérémonie.

Puis, le gros homme ajouta à voix basse, à l'intention d'Antipatros :

— Il y a quand même un fond de vérité dans ce que dit l'apprenti Nicolas.

Le sourcil relevé jusqu'au milieu du front, Antipatros examinait la fillette. Sous le regard inquisiteur du suppôt, celle-ci se sentait fondre comme du beurre sur une rôtie.

— Je m'excuse sincèrement d'avoir perturbé votre cérémonie. J'avais des nouvelles urgentes à vous transmettre, insista-t-elle. Il y a cette foreuse qui approche.

— J'exige un essai, moi aussi !

Tous les yeux se tournèrent vers le démon gris qui s'était avancé à l'intérieur du cercle formé par les apprentis.

— Thomas ! s'écria Alex.

— Le cérémonial prévoit, effectivement, que chacun des apprentis puisse avoir la possibilité de mettre la fourche de Lucifer à l'épreuve, observa M. Ubald. Mais est-ce bien nécessaire, maintenant ?

— Ce serait un honneur pour moi! déclara Thomas, la voix tremblante.

Les trois suppôts échangèrent un regard, puis Ubald fit signe au démon gris d'avancer sur le podium.

Thomas s'approcha de la fourche d'un pas décidé. Ses yeux étaient mouillés, il avait l'air ému, bouleversé.

Alex lui laissa la place, gênée. Elle lui souhaita bonne chance avec les meilleures intentions du monde.

— Merci quand même! grommela Thomas.

Il essaya d'une seule main, d'un mouvement sec du bras, puis avec les deux, en bandant tous ses muscles et en prenant une grande respiration. Peine perdue, la fourche ne bougeait pas.

Le démon gris se retira, la tête basse.

— Je pourrai au moins raconter à mes petits-enfants que j'ai essayé, ronchonna-t-il en reprenant son souffle.

— Je ne l'ai pas voulu, tu sais, s'excusa Alex. Et je suis certaine que je serais bien incapable de recommencer.

Thomas haussa les épaules, ce qui fit vibrer piteusement ses petites ailes de chauve-souris.

— Ça va… Je suis content que ce soit toi l'élue, petite cousine.

— Mais je ne suis pas l'élue, se défendit la fillette. C'était un accident !

— Qu'elle recommence l'épreuve ! hurla le démon noir, du haut de son siège surélevé.

— Oui ! Oui ! s'élevèrent d'autres voix.

— Rien ne vous y oblige, remarqua Asmodée, même si on sentait au fond de son regard qu'il était fort intéressé à connaître le fin fond de cette affaire.

— Bien, euh… vous voulez dire sans la planche, cette fois ? demanda la rouquine en effleurant avec prudence du bout des doigts la grande fourche, comme si elle craignait qu'elle soit brûlante. Pas de problème ! Laissez-moi deux petites secondes… Alex ferma les yeux et essaya de se remémorer la collision, le mouvement de la planche, la culbute et la chute.

À la surprise générale, la fillette prit un court élan et flanqua un bon coup de pied sur la base de la fourche. Ensuite, elle monta sur ses orteils, plaça ses mains jointes sur la poignée du manche et appuya avec force, comme si elle avait l'intention d'enfoncer encore plus l'outil dans l'enclume.

De nouveau, le petit déclic se fit entendre puis la fourche s'inclina doucement.

L'exploit fut accueilli par un concert de « ah ! » admiratifs et de « oh ! » craintifs. Et lorsque la petite rouquine se retourna, encore plus gênée qu'auparavant, les apprentis — même le noir — et les suppôts s'inclinèrent à ses pieds, dans un vaste mouvement coordonné.

Alex devint encore plus rouge : la moutarde lui montait au nez.

Elle s'empara de la fourche et la brandit au-dessus de sa tête.

— Puisque je vous répète que c'est un accident ! La première fois, en tout cas. Je vous en supplie, croyez-moi ! Nicolas a raison : je ne suis pas des vôtres. Je n'ai ni cornes, ni ailes, ni queue et je suis une fille. Explique-leur, Antipatros ! Et réagissez donc. Je me tue à vous dire que quelque chose se trame à l'extérieur du mur de flammes. Une immense foreuse s'approche de votre enfer et vous restez plantés là…

Alex cessa net de parler.

Les apprentis démons la contemplaient avec effroi. Certains d'entre eux, dont son ami Thomas, reculaient à petits pas. Bon ! Ils avaient peur d'elle maintenant. Tout ça à cause de cette satanée fourche ! La petite rouquine commençait à en avoir assez de ces simagrées diaboliques. À moins que quelque chose lui échappe ? Pourquoi avaient-ils tous le visage rouge ?

La fillette chercha une explication du côté d'Antipatros dont les yeux brillaient d'une lueur intense inhabituelle.

— QUI OSE PERTURBER MON SOMMEIL ?
gronda dans son dos une voix d'outre-tombe.

Les cheveux d'Alex se dressèrent sur sa
tête. Elle se retourna lentement.

Elle échappa la fourche.

Lucifer,
mon grand-père

— QUEL MORTEL OSE AINSI DÉRANGER LUCIFER, PRINCE DES TÉNÈBRES, SEIGNEUR DES ENFERS ET ANGE MAUDIT ???

Sur son socle de pierre, au milieu de la crypte, la statue du diable rougeoyait comme un tison. Ses yeux étaient maintenant des flammes vives qui lançaient des éclairs à la ronde. Un nuage de fumée montait du sol en même temps qu'une odeur de soufre se répandait au sein de l'assemblée pétrifiée. Un rictus féroce, que l'absence de crocs d'un côté rendait encore plus effrayant, barrait le visage menaçant de la statue dont les longs doigts grif-fus semblaient sur le point d'agripper Alex à la gorge…

La fillette faillit mourir de peur lorsque, sans avertissement, la grande main osseuse d'Antipatros se posa sur son épaule.

Le suppôt la dépassa en fixant la statue d'un œil luisant, suivi de M. Ubald, les pointes des moustaches glorieusement dressées, et de M. Asmodée qui, le visage inondé de larmes, avançait avec une démarche de zombie.

— Le maître est enfin de retour, pleurni-chait ce dernier, sa puissante voix inhabituel-lement douce.

Les trois hommes firent un demi-cercle devant le monument cramoisi, qui semblait sur le point de prendre feu, et s'agenouillèrent dans la fumée.

Comme s'il s'agissait d'un signal, le sol se mit alors à trembler, les vieilles pierres de la crypte à gronder, et quelqu'un toussota.

Toussota?

— Argh, argh… Et je pourrais ajou-ter… sultan de chaos infini, ingénieur de l'horreur, intendant des maléfices…

Argh, argh… Excusez-moi, je suis allergique au soufre…

La statue cessa tout à coup de rougeoyer, le sol de vibrer, les vieilles pierres de gronder, et de l'arrière de l'imposant monument surgit une ombre qui eût pu paraître menaçante si elle n'avait pas été régulièrement secouée par de violents éternuements.

Un pied au sabot fendu émergea, suivi d'une jambe qui semblait être recouverte d'un pantalon de poil dru, puis, écartant la fumée en agitant les bras, apparut un… un…

Un tout petit bonhomme !

Minuscule, à peine plus grand qu'Alex, si on faisait exception des longues ailes noires qui se rejoignaient très haut au-dessus de sa tête.

Hormis la taille, la ressemblance avec la statue était frappante, les mêmes yeux à la pupille fendue, injectés de sang, la même dentition de vampire — complète cependant —, et toujours ce formidable bouc qui prolongeait le menton déjà pointu… Mais le plus déconcertant, c'était ce qui se trouvait sur la tête du bonhomme.

Ses oreilles poilues et ses cornes striées et recourbées vers l'intérieur étaient surmontées par une espèce de perruque noire et gominée. En plus, il portait un blouson de cuir !

Dans leurs plus loufoques fantaisies, aucun des apprentis n'aurait imaginé Lucifer vêtu d'un blouson de cuir et coiffé à la Elvis…

Un Lucifer presque nain et allergique au soufre ?

Le diable à perruque toussa une dernière fois et, le nuage de fumée se dissipant, sembla découvrir l'assemblée ébahie qui, hésitant entre le rire et la peur, épiait chacun de ses gestes.

— Ahem ! J'étais en pleine répétition lorsque vous m'avez… admettons, ramené dans ce taudis, dit-il, de mauvaise humeur, en époussetant les épaules de son blouson. Et pourquoi, je vous prie ?

— Maître ! On vous croyait mort, s'exclama M. Asmodée, au bord de la crise d'apoplexie. Nous sommes en pleine cérémonie de résurrection.

— Ah oui ! le truc avec la fourche.

Lucifer ramassa l'instrument au pied de la statue. Après l'avoir soupesé un moment, puis brandi devant lui, il esquissa un sourire.

— Ma bonne vieille fourche. Ce n'était pas de la camelote, ça. Qui, parmi mes légions d'héritiers, a su résoudre cette petite énigme ?

Tous les apprentis reculèrent d'un pas.

Lucifer sourcilla.

— Voilà toute mon armée des ténèbres, nouvelle génération ? questionna-t-il en se grattant la barbichette. Il me semblait pourtant avoir séduit mes deux mille femelles, comme le prévoyait le règlement.

— L'archange-percepteur Bébhel prépare un coup de force, maître, expliqua Antipatros. Grâce à un stratagème permettant de modifier l'équilibre des forces du bien et du mal, il a provoqué l'émergence des héritiers et s'est assuré de leur capture. Vous avez devant vous les rescapés.

Lucifer ouvrit grand ses petits bras et se précipita vers le trio de suppôts.

— Antipatros, mon fidèle serviteur ! Et vous, Ubald, comment allez-vous ? Et ce cher Asmodée, cuisinier des âmes. Relevez-vous, relevez-vous ! Vous me connaissez, moi, au premier abord un peu bougon mais bon diable, au fond. Et qui est cette enfant qui n'a pas peur de moi ?

Les fentes de ses pupilles se rétrécirent pour mieux examiner la fillette.

— Euh, bien, c'est moi qui ai retiré votre fourche, glapit Alex, rouge comme une tomate. C'était un accident ! J'ai…

— Un succube ? Je ne me trompe pas ? Dissimulé sous ces cheveux courts ? C'est bien la première fois que Lucifer a une fille. D'habitude, nous laissons ça à notre consœur Lilith, qui occupe la portion 43 de l'enfer, si je me souviens bien. Votre nom, mademoiselle ?

— Alex… andra.

— Un nom de reine, évidemment.

— Bonjour, grand-père, s'écria Thomas par-dessus l'épaule de la rouquine.

— Salut, mon gars ! Content de te rencontrer. Et vous autres aussi. Approchez, n'ayez pas peur. Regardez ce que j'ai pour vous.

Le petit bonhomme tira de sa poche de blouson un stylo et une liasse de photos qu'il s'empressa d'autographier pour les apprentis.

«LOU CIPHER», lut Alex sur le portrait qu'il lui remit.

— Mon nom d'artiste, expliqua Lucifer. Vous savez, moi, la comptabilité, la tenue de livres, les calculs, ce n'est vraiment pas mon fort. Ce que j'aime, c'est la scène, le monde trépidant du spectacle et du divertissement.

«Comme le travail commençait à manquer ici et que mon médecin me suggérait un climat plus doux en raison de mon allergie au soufre, j'ai fait d'une pierre deux coups et je me suis installé à Las Vegas. Depuis près de cinquante ans, j'y tiens avec succès tous les rôles de démons et de diables. Je considère avoir plus accompli là-bas pour la reconnaissance de la spécificité démoniaque qu'ici, dans ce trou fumant, à compter les âmes des futurs damnés. D'ailleurs, je constate qu'il faudrait passer un sacré coup de balai dans le coin, on a l'impression que tout tombe en ruine.»

À ces mots, un pan entier du mur de la crypte s'écroula, dans un nuage de poussière et de débris.

— Qu'est-ce que je vous disais?

Mais aussitôt, la tête d'une énorme vis émergea des décombres en tournant sur elle-même et fonça sur eux avec un bruit de moteur à réaction. Une autre mèche argentée fit irruption près du plafond de flammes d'où Alex avait jailli lorsqu'elle avait emprunté, par mégarde, le chemin des gargouilles.

— C'est ce que je m'évertue à vous expliquer depuis une heure, cria la fillette, au milieu du vacarme des machines et des hurlements de ses camarades. Elles sont là, les foreuses géantes dont je parlais !

Un autre de ces monstrueux appareils apparut dans l'escalier en fracturant les marches une à une, bloquant ainsi toute possibilité de sortie à ceux qui auraient été tentés de fuir à pied.

La foreuse qui avait surgi près du plafond de flammes se fraya un chemin jusqu'à la grande statue, en broyant tout sur son passage. La vis sans fin cessa de tourner lorsque l'appareil s'immobilisa à quelques centimètres du monument. Malheureusement, un dernier sursaut du moteur fit tressaillir le véhicule souterrain, dont l'extrémité tirebouchonnée effleura la statue. Celle-ci émit un grincement de protestation avant de se renverser et de se répandre en mille morceaux sur le plancher de la crypte.

— Une petite fortune d'effets spéciaux qui s'envole en fumée, grogna Asmodée, en grattant son nez épaté.

Le couvercle de la cabine de la foreuse géante se souleva avec un bruit de vaporisateur et le visage d'adonis de Bébhel apparut à travers un nuage de vapeur.

— Vous avez raison, cher Lucifer ! Quelle déchéance ! Il se commet des milliers de meurtres chaque année dans les grandes villes et aucun n'est perpétré en votre nom.

— Ça ne va pas beaucoup mieux chez vous, répondit Lucifer du tac au tac, comme si rien de vraiment extraordinaire ne s'était produit au cours des dernières secondes. Je crois savoir que les églises sont vides et que les prêtres seront bientôt classés parmi les espèces en voie de disparition. Salut quand même, Bébhel ! lança le diable à perruque, avec un léger signe de la main. C'est la première fois que je vois un ange sous terre.

— Un véritable travail d'hercule que de réussir à vous débusquer, mon cher Lucifer, continua l'archange. Certains vous croyaient mort depuis longtemps, ou malade, ou fou, peu importe… quoi de mieux pour m'en assurer que de provoquer un peu les choses ! Eh oui, l'ouverture de la porte 612b des enfers, c'était moi.

— Et la 617 et la 610 aussi, précisa un homme à lunettes en s'extirpant à son tour de l'habitacle de la foreuse.

— … ou plutôt nous, devrais-je dire, rectifia Bébhel. Voici celui dont l'apport tactique et technologique a permis à l'impossible de se produire.

Le nouveau venu n'était pas totalement inconnu. Alex se rappela l'avoir vu pianoter sur un clavier d'ordinateur au cinquième ciel. En plus, le visage de jeune cadre dynamique était pas mal célèbre.

— Je me présente, Richard-Jules de Chastelain III, homme d'affaires au service du bien.

— Ouais ! Son bien à lui avant toute chose, chuchota Thomas à l'oreille de la fillette. Je ne l'avais pas reconnu avant, mais c'est bien le richissime de Chastelain. Il possède tout : les mines, le pétrole, les forêts, l'informatique aussi, plein de magasins et au moins une dizaine de Ferrari et de Lamborghini.

— Ah oui ! je me souviens maintenant, avoua Alex. Le plus jeune milliardaire au monde. Qu'est-ce qu'il fait dans cette galère ?

— L'enfer, c'est comme une ruche, continua Bébhel d'un ton las. Il s'agit de percer un trou dedans pour que la colonie d'abeilles se place en état d'alerte et que les couveuses accélèrent la production de larves. J'ai supposé, avec raison, qu'il suffirait de créer des perturbations dans l'écran de flammes pour provoquer l'émergence des héritiers. Je n'avais cependant pas les moyens de procéder à une telle opération. C'était toutefois avant que mon estimé collègue terrien suggère de mettre ses incroyables machines à contribution.

— Et une nouvelle génération de mèches que le granite et le basalte de la croûte terrestre n'ont pas réussi à émousser, se vanta lourdement le jeune milliardaire.

— Il a donc suffi à mon excellent comparse de forer jusqu'à la barrière de feu pour provoquer la venue des héritiers. Bien entendu, les suppôts ont été forcés de mettre en branle le processus devant mener à la cérémonie de résurrection pour ramener Lucifer en enfer, qu'il soit mort ou vif. Et nous voilà ! Ingénieux, non ?

— Stupéfiant, approuva Lucifer en bâillant à s'en décrocher les mâchoires.

— Je peux poser une question ? demanda Alex, les poings sur les hanches, en essayant de ne pas se laisser éblouir par les grands yeux violets de l'archange. C'est bien beau tout cela, mais… QU'EST-CE QUE VOUS LUI VOULEZ, AU JUSTE ?

— Tu-tu-tut ! Est-ce que je m'énerve, moi ? Si vous aviez l'éternité devant vous, ainsi que tous les archanges, vous sauriez qu'il ne sert pas à grand-chose de s'exciter. C'est justement mon problème, soupira Bébhel, en agitant avec douceur ses magnifiques ailes.

— C'est vrai à la fin, laissez-lui la paix à grand-père ! renchérit Thomas.

— Si vous nous permettez une observation, maître, intervint respectueusement Antipatros, la question de l'apprentie nous semble des plus valides.

— Tu as raison, approuva Lucifer. J'aimerais bien savoir de quoi il en retourne, avant de repartir d'où je viens. On doit s'impatienter sur le plateau.

L'archange tourna son visage parfait vers le milliardaire. Celui-ci s'avança vers le petit diable à perruque avec un regard assuré.

— Nous vous proposons une association tripartite, déclara le jeune cadre à lunettes, en se frottant les mains. Chacun d'entre nous possède en exclusivité un atout unique, essentiel. Moi : mon réseau informatique planétaire ; l'archange Bébhel, son équipe d'anges gardiens ; et vous, vos incroyables machines à écouter les humains.

« Relions l'ensemble et nous obtenons une nouvelle autoroute électronique intra et extra-terrestre. En unissant vos deux systèmes de surveillance à mon réseau de services, nous réaliserons ainsi le rêve secret de chaque fabricant, grossiste ou détaillant : aller au-devant des besoins des consommateurs, sans jamais faillir. Imaginez l'avantage que nous conférerait la connaissance des désirs et des besoins des humains avant même leur formulation ! »

— Les anges gardiens, aussi, seraient dans le coup ? s'étonna Lucifer.

— Pourquoi pas ? cher ami. Il faut vivre avec son époque. Le diable, le ciel, l'enfer, c'est dépassé tout ça. Prosternons-nous à notre tour devant la nouvelle idole de l'humanité : l'argent.

— Mais c'est absolument… démoniaque, s'exclama M. Asmodée.

— C'est le monde à l'envers, ajouta Alex.

Bébhel leva les yeux au ciel.

— Je le répète, le bien, le mal, ce sont de vieilles notions. Parlons plutôt d'une belle occasion.

— L'archange devenu homme d'affaires, ça ne vous fait pas rire, les enfants ?

Les apprentis acquiescèrent à la répartie de leur grand-père en y allant d'un concert de rires nerveux.

— Alors ? s'impatienta le milliardaire. Notre offre est à prendre ou à laisser.

— Entre vous et moi, plaida Bébhel, compter des âmes à longueur de journée et compter des sous, ça se ressemble, vous ne trouvez pas ? Et puis, vous, mon cher Lucifer, vous êtes bien devenu figurant…

— Acteur, pardon ! corrigea Lucifer en redressant très haut sa tête d'Elvis des enfers.

Ne gâchez pas mes derniers moments avec mes petits-enfants !

Tournant le dos à l'archange et à son associé terrestre, il balaya l'assemblée des héritiers d'un regard brillant.

— … Après tout, cette nuit en est une de délivrance ! Si vous saviez comme c'est difficile de vivre avec le remords, cette conscience d'avoir mal agi qui vous tenaille et vous ronge, année après année. Croyez-vous que j'étais insensible aux conséquences de ma fuite ? J'étais le six cent soixante-cinquième Lucifer depuis la Création… et le premier à fuir ses responsabilités. C'est bien de notre époque, me direz-vous, mais je savais qu'en mon absence ma section de l'enfer dépérirait.

Le petit homme passa ses doigts crochus dans les cheveux d'Alex, qui en flamboyèrent davantage.

— Je suis maintenant libéré de ce fardeau ! Puisque l'un d'entre vous a été choisi pour me succéder, je pourrai retourner assouvir ma passion de la scène jusqu'à ce qu'un jour quelqu'un m'indique le chemin des coulisses. Il me reste quelques bonnes années devant moi, vous savez. De toute façon, mon cercueil n'est pas encore prêt, ici, à ce que je vois.

Lucifer était petit, rabougri même, à la fois repoussant et ridicule avec son accoutrement hybride de diable et de blouson noir. Pourtant, Alex le trouva presque beau, tellement attachant dans son humanité. Il émanait du bonhomme une chaleur naturelle — c'était le diable, après tout — qui éclipsait la froideur et la fadeur de son magnifique adversaire ailé. Était-ce vraiment le moment de lui annoncer qu'elle n'était pas le successeur qu'il attendait, que cette affaire était une totale méprise ? Elle allait pourtant devoir tout lui déballer, avant que ça devienne trop sérieux.

— Doit-on comprendre que vous refusez ? demanda Bébhel avec lassitude.

— Le problème, c'est que j'ai toujours mieux travaillé seul. Je me vois donc obligé de vous décevoir. C'est non !

— Vous avez le culot de décliner une offre pareille ? Mais vous êtes fou ! s'offusqua le jeune cadre à lunettes.

L'archange eut un sourire fatigué.

— Je vous avais prévenu. Il est beaucoup

plus facile de se faire corrompre par le diable que l'inverse, dit Bébhel. Mon cher Lucifer, votre refus me désole, toutefois ça ne dérange en rien nos plans.

Avec un rictus vengeur, le milliardaire claqua des doigts. Des ouvriers surgirent des cabines des foreuses et entreprirent de décharger une longue boîte de verre luisant. Quelques anges se mêlaient aux travailleurs, parmi lesquels Alex reconnut ses zigotos à plumes.

— Vous avez une nouvelle fois tort, cher ami. Votre cercueil est on ne peut plus prêt. Il fallait nous assurer que vous ne seriez plus en état de nuire. Plus jamais !

— NON ! hurla Alex.

— Meurtriers ! gronda Thomas.

— Il y a en effet matière à objection, ajouta Antipatros. Ce procédé est tout à fait irrégulier…

— Taisez-vous ! coupa Richard-Jules de Chastelain III. Et vous, le diable de pacotille, montez là-dedans !

Lucifer tapota la joue cramoisie d'Alex, caressa deux ou trois têtes cornues d'apprentis en larmes et, après une longue pause, se dirigea, la tête haute, le sabot altier, vers la boîte de verre dont le panneau supérieur avait été entrouvert pour laisser le passage à une personne.

— Mmm, un cercueil en cristal d'auréole pour un démon. Absolument irrégulier, comme le souligne si bien mon bon serviteur.

— Aucun de vos pouvoirs maléfiques n'aura d'emprise sur cette matière céleste, mon cher ami. Ou devrais-je maintenant dire ennemi ? s'amusa Bébhel d'une voix fatiguée.

— Grand-père, sauve-toi ! s'affola Thomas.

— En principe, l'apprenti Thomas a raison. Il vous suffirait de *virevoler*, murmura Antipatros.

Lucifer se contenta de sourire en prenant place dans le cercueil de cristal.

— Déployez vos ailes, implora Alex.

— Peut-être lui répugne-t-il de nous abandonner une deuxième fois, suggéra

Asmodée en essuyant une larme sur sa joue ronde.

— Un instant, s'écria l'archange en élevant un bras gracieux. Lequel d'entre vous a retiré la fourche ?

La fillette avala de travers. Le temps de le dire, le vide se fit autour d'elle. Ne restait d'apprentis à ses côtés que son fidèle Thomas et le détestable démon noir, qui brandissait vers elle un doigt accusateur.

— C'est moi ! réussit-elle à articuler. Mais c'était un accident.

— Prenez donc place à votre tour. Ce cercueil peut facilement contenir deux personnes de petite taille.

— Faudra venir me chercher… menaça la rouquine en serrant ses petits poings.

— Anges, emparez-vous de cette personne, ordonna Bébhel en réprimant un bâillement.

Séraph 3583 et Chéru 48479, à qui leur chef s'était adressé, hésitèrent.

— Euh, Bébhel, c'est que… c'est elle la démone dont on vous avait parlé.

— Le dangereux succube, renchérit Chéru, à qui il manquait toujours un morceau d'auréole.

Bébhel décerna à la fillette une longue œillade veloutée.

Alex se sentit défaillir.

Le milliardaire en profita pour s'emparer d'elle et la pousser sans ménagement au fond du cercueil de verre.

— Vous ne l'emporterez pas au paradis, ricana Lucifer. Dès que le grand patron, tout là-haut, dans son infinie sagesse et perfection, apprendra la nouvelle, il fera de vous les nouveaux anges déchus. Puisqu'il sait toujours tout, il est à prévoir qu'il piquera une de ses saintes colères. Il vous bannira du ciel.

Sur un geste du milliardaire, les ouvriers replacèrent le couvercle sur le cercueil de verre. Au lieu de répliquer, comme Alex s'y attendait, ou de contre-attaquer en profitant du fait que la tombe n'était pas encore scellée pour tenter un coup d'éclat, Lucifer se contenta de lui lancer un inoffensif clin d'œil. Les yeux de la fillette se remplirent de larmes. « Réveille-toi ! Réveille-toi ! ordonna-t-elle à son cerveau en crispant ses paupières. Ce mauvais rêve a assez duré. Tu es sur le point de te laisser emmurer vivante. »

Un éclair lui fit rouvrir les yeux.

Bébhel avait tendu ses beaux bras blancs et, utilisant le jet de lumière vive qui jaillissait de ses doigts à la manière d'un chalumeau, soudait le couvercle au cercueil.

— Et voilà ! lança-t-il sur un ton joyeux, son travail achevé. Ça illuminera cet endroit sinistre. Ces vieilles pierres poussiéreuses ont bien besoin d'un peu d'éclat.

— Je peux commencer la récupération des voxatographes ? s'enquit Richard-Jules de Chastelain III.

— Allez donc. Allez donc, mon ami. Je crois que je ne me suis pas tant amusé depuis mille ans.

Aussitôt, les ouvriers à casque dur se dirigèrent vers la grande salle avec leur coffre à outils pour s'emparer des appareils à écouter les conversations des humains.

— Hé, vous, mes gentils anges, rassemblez-moi ce qui reste d'apprentis et ouste ! Éparpillez-moi ça sur les treize étages.

— Et eux ? se risqua à demander le séraphin en désignant Antipatros, Asmodée et M. Ubald.

— Les suppôts ? Mmm. Ils sont plutôt inoffensifs. Laissez-les donc pourrir ici. Il y a déjà cinquante ans qu'ils sont fin seuls dans ce réduit. Ils le seront maintenant pour l'éternité. Assurez-vous seulement de leur enlever leur parapluie.

Les anges auréolés de cristal entreprirent de rassembler les apprentis démons et de les répartir en grappes de sept ou huit vers les foreuses. Certains enfants pleuraient, d'autres semblaient être en état de choc. Pour sa part, Thomas se démenait tel un diable dans l'eau bénite — c'est le cas de le dire — avec plus ou moins de succès, cependant. Soudain, un cri s'éleva au-dessus du brouhaha.

— Il a disparu ! s'affolait Chéru 48479. J'avais réuni trois démons noirs, lorsqu'ils se sont mis à battre des ailes comme des fous. Et l'un d'eux, le plus grand, s'est volatilisé en tournoyant, sous mes yeux.

« Ce lâche de Nicolas aura préféré s'enfuir plutôt que de combattre », pensa Thomas en administrant un coup de pied dans les tibias de Séraph 3583. Déjà, à son instar, d'autres apprentis s'étaient mis à agiter frénétiquement leurs ailes dans l'espoir d'arriver à *virevoler*, mais, jusqu'ici, seul le détestable démon noir avait réussi à maîtriser cette difficile technique.

— Attachez-leur les ailes qu'on en finisse, s'impatienta le milliardaire.

Dans la cohue, personne ne s'était occupé de Jacob, qui s'était approché du cercueil de cristal. Tout en balançant la tête d'un côté à l'autre, selon son habitude, le jeune autiste caressait des doigts le couvercle de la caisse où se trouvait étendue une Alex interloquée. Lentement, la main du plieur de verre s'enfonça, comme si le cristal était devenu liquide. Ses doigts allèrent chercher la menotte de la rouquine et serrèrent très fort.

— Un plieur de verre ? Que c'est opportun ! s'écria Lucifer en se relevant sur ses coudes. Comme je le pensais, on n'aura pas besoin d'attendre longtemps sous cette cloche à fromage. Bien sûr qu'elle est gentille, Alexandra, mon garçon. Ouvre le couvercle, ouvre.

— Il ne comprend pas. Il est autiste, révéla Alex.

— Explique-lui en utilisant des signes, alors.

— Il est autiste, pas sourd, rectifia la fillette en flattant la main du jeune garçon. Son esprit fonctionne de cette façon.

— Allons bon ! Il doit y avoir un moyen de lui faire comprendre d'utiliser son don et de nous libérer, s'impatienta Lucifer, en essayant d'attirer son attention en cognant sur la paroi de cristal. Tu es certaine qu'il n'est pas un peu sourd ?

— S'il ne nous entend pas, c'est que personne ne le peut, dit tristement Alex. Ce satané cristal est sans doute trop épais. Ce cercueil doit être insonorisé. En plus, on commence à manquer d'air.

La rouquine eut une bouffée de panique. Dans un flash, une image de son visage rongé par les vers lui apparut. Elle eut soudain envie de hurler, de se débattre, de donner des coups de tête à droite et à gauche. Elle se contenta toutefois de prendre une grande inspiration. Pas question de se laisser aller à l'affolement devant les anges et tous les autres.

Au cours de ce moment de forte crispation, Alex avait agrippé à deux mains le bras du plieur de verre. Elle se rendait alors compte qu'elle le tirait très fort vers elle, qu'elle l'attirait.

Et dans les yeux du jeune garçon, qui était maintenant presque couché sur la caisse, elle crut, un instant, détecter une inhabituelle lueur d'intérêt.

— Pourvu qu'il n'ait pas l'idée de venir nous rejoindre, s'alarma Lucifer.

Le plieur de verre semblait plutôt absorbé dans la contemplation de la bordure du couvercle.

Il retira soudainement sa main.

Alex ressentit un grand vide, semblable à celui éprouvé par le naufragé à qui l'on retire la dernière bouée de sauvetage. Mais ça ne dura qu'un instant puisque, presque aussitôt, un coin du couvercle se souleva au-dessus de sa tête.

Le jeune autiste effectuait ce qu'il savait faire de mieux : il repliait le pan de cristal en l'enroulant.

— Vas-y ! l'encouragea Lucifer. Ça s'ouvre comme une boîte de sardines, ce machin-là.

— Eh ! s'écria le milliardaire.

Mais il était trop tard. Lucifer se redressait déjà en déployant ses longues ailes noires. Son visage flamboyait et ses yeux lançaient des éclairs, un peu à la façon de sa statue, tout à l'heure.

À ses côtés, Alex serrait ses petits poings.

— À nous deux, Bébhel, tonitrua Lucifer de sa plus grosse voix d'acteur.

— À nous trois, vous voulez dire, rectifia la rouquine. J'ai aussi un compte à régler avec ces messieurs ailés.

L'archange-percepteur, qui s'apprêtait à monter à bord de sa foreuse, se retourna, intrigué. Un flottement parcourut les anges et les ouvriers.

Antipatros en profita pour donner un coup d'épaule discret à l'ange gardien qui se trouvait à ses côtés. Celui-ci échappa un cri et les trois parapluies dont on lui avait confié la garde. Un instant plus tard, les trois suppôts avaient récupéré leurs en-cas et se rangeaient devant Lucifer et son héritière. Thomas, qui avait réussi à déjouer la surveillance du petit cupidon qui gardait son groupe, les rejoignit en poussant devant lui la planche à roulettes d'Alex.

— Tiens, ça peut servir. Je voulais la garder en souvenir de toi.

Le combat qui s'ensuivit passa à l'histoire comme l'un des plus chaudement disputés dans les annales des sections comptables du ciel et de l'enfer. Les anges eurent d'abord l'avantage avec leurs rayons paralysants et endormants qui firent rapidement des dégâts du côté des apprentis. Jérémie fut le premier à tomber, atteint de plein fouet par un rayon de lumière qui l'immobilisa, alors qu'il s'apprêtait à poser une question. Le jeune démon aux bandages sur la tête fut aussi touché. Mais, protégé par l'écran de parapluies des suppôts, Lucifer répliquait à l'aide d'éclairs de feu et de jets de fumée camouflante.

De temps à autre, on voyait passer une petite bombe rousse à roulettes, qui s'amusait, avec une torche décrochée du mur, à mettre le feu aux robes des anges. Ceux-ci voletaient à quelques mètres du sol pour échapper aux coups de poing et de pied que faisaient pleuvoir sur eux le reste des apprentis menés par un Thomas déchaîné.

Une odeur de soufre et de plumes roussies remplissait l'atmosphère et provoquait une toux chez le diable à perruque après chaque éclair, comme le tonnerre lors d'un orage, sans rien lui enlever de son efficacité, cependant.

Moins nombreux, incapables de déployer complètement leurs ailes à cause de l'exiguïté de la crypte, les anges reculaient et, devant la farouche détermination des démons, se retrouvèrent bientôt acculés au mur de feu.

Bébhel, qui s'était réfugié derrière la plus proche foreuse dès le début du combat, craignant que des malotrus s'en prennent à sa magnifique personne et abîment son visage parfait, affichait une expression ennuyée.

Richard-Jules de Chastelain III, qu'on n'avait pas vu pendant la bagarre, se dirigea vers l'archange d'un pas décidé. Le jeune cadre à lunettes avait maintenant plus l'air d'un client lésé en furie.

— Ça ne marche pas, votre truc ! Dès que mes gars posent la patte dessus, ces maudits voxatographes tombent en morceaux. C'est comme s'ils s'autodétruisaient. On n'a pas pu en récupérer un seul. Pas un seul ! vous m'entendez ?

— Ennuyeux, soupira Bébhel en écartant du revers de la main une plume qui était tombée sur sa manche. J'aurais dû me douter que ces appareils seraient truqués.

— Et c'est maintenant que vous le dites, espèce d'enfoiré ! lui lança au visage le milliardaire en l'agrippant par le collet de sa robe.

Bébhel eut une moue dédaigneuse. Sa belle main se posa ensuite sur le poignet de Richard-Jules de Chastelain III, qui le lâcha aussitôt, comme s'il avait reçu une puissante décharge électrique.

— Voir si on laisserait l'une des plus belles inventions de l'histoire démoniaque tomber entre les mains des humains, rigola Lucifer en repliant ses longues ailes. Mon grand-père 664, qui a vécu dans les années 1930 et qui a conçu le voxatographe, était un sacré futé. En plus de la bosse de l'électricité, il possédait de solides connaissances en magie noire.

— Ça explique pourquoi vous vous êtes laissé enfermer dans le cercueil sans protester, enchaîna Alex en le rejoignant sur sa planche. Vous saviez qu'ils vous laisseraient sortir de là pour que vous les aidiez à trouver une solution à leur problème. Sauf qu'auparavant, grâce à Jacob, la bagarre avait déjà commencé.

— Mmm… Perspicace, intelligente, courageuse, autant d'atouts pour un bon Lucifer, nota le diable à perruque, avec un sourire approbateur. Dénuée de perfidie, cependant. Il semble que ça se perd, au fil des générations…

Alex songea qu'il était grand temps de mettre fin à cette énigme à propos du successeur. Elle allait déballer son sac lorsque le jeune cadre à lunettes, à présent dégoûté, s'écria :

— J'en ai assez ! On s'en va !

La demi-douzaine d'ouvriers et d'opérateurs de foreuses ne se le firent pas dire deux fois. Le milliardaire et ses hommes grimpèrent rapidement à bord de leurs machines géantes auxquelles ils firent reprendre en sens inverse le chemin qu'elles avaient parcouru plus tôt dans les entrailles de la Terre.

— Voilà bien les humains. J'aurais dû m'y attendre, sourit l'archange-percepteur lorsque le vacarme assourdissant des foreuses se fut apaisé.

— Votre belle association fout le camp, Bébhel, ricana Lucifer.

— Tout à fait, acquiesça l'autre. Mais cela a été réellement divertissant. Allez, les enfants, on remonte, nous aussi.

— Et comment allez-vous accomplir ce tour de force maintenant que vos petits copains vous ont abandonnés au milieu des enfers ? demanda Thomas.

— Il n'y a pas d'ascenseur ici ? s'inquiéta Chéru, l'auréole de travers.

— Chut, siffla Séraph entre ses dents brisées.

— Je n'avais pas pensé à ça non plus, s'impatienta Bébhel avec une moue agacée.

— Fâcheux, non ?

— Antipatros, Ubald, Asmodée, il faudrait boucher ces galeries, ordonna Lucifer, en se redressant de toute sa hauteur, qui n'était pas bien grande. Provoquez des éboulis, déclenchez des tremblements de terre s'il le faut, mais colmatez-moi ces horreurs ! N'ayez pas peur de mettre les apprentis à la tâche, ça leur changera les idées. Et vous, messieurs les anges, je vous conseille de vous habituer au décor. J'ai l'impression que vous risquez d'être ici pour un bon moment.

Séraph 3583 et Chéru 48479 jetèrent un regard apeuré aux alentours.

— À ce propos, j'ai justement quelques idées de décoration, déclara Bébhel après un long soupir. C'est terriblement sombre ici. Il faudrait des couleurs éclatantes, de la lumière.

— J'ai bien connu l'ange exterminateur, mais c'est la première fois que je rencontre un ange décorateur, s'esclaffa Lucifer. Aurais-tu oublié que les rayons du Soleil ne se rendent pas ici, Bébhel? Il n'y a que le feu qui règne dans les entrailles de la Terre pour éclairer l'enfer. Nous, les diables, nous étions des êtres lumineux comme vous auparavant, et regardez ce que des millénaires sous terre nous ont fait.

Pour la première fois, l'archange fut ébranlé. Ses beaux yeux bleus s'écarquillèrent en regardant Lucifer adopter des postures de mannequin pour le narguer. Puis la bouche de Bébhel se tordit d'une grimace qui le défigura avant qu'il s'évanouisse au milieu d'un nuage de plumes et de poussière.

— Bon, ce n'est pas tout, ça. Alexandra, je te laisse mon royaume, du moins ce qu'il en reste. Moi, je retourne à mes amours. Vous permettez que je garde la fourche? C'est l'accessoire qui me manquait pour compléter mon costume.

— Euh, justement… à ce sujet… commença la fillette, les yeux baissés, en grattant le sol du bout de sa chaussure.

Elle sentait qu'elle allait le décevoir et peut-être même l'obliger à réviser ses projets, pourtant il fallait que Lucifer sache qu'elle n'était ni élue ni démon, que tout ça avait été une longue et complexe méprise.

Avant qu'elle puisse continuer, Séraph et Chéru se jetèrent en pleurant à ses genoux.

— Princesse des ténèbres ! Princesse des ténèbres ! Épargnez-nous ! implorait le séraphin, les mains jointes. C'est la faute de Bébhel ! C'est lui qu'il faut punir. Nous, on n'a fait qu'obéir aux ordres.

— Laissez-nous retourner à la surface, sanglotait le chérubin en répandant ses larmes sur les sabots de Lucifer. Laissez-nous partir et nous vous révélerons un des grands mystères de l'humanité.

— Cause toujours, moi je m'en vais ! grommela le petit diable à perruque.

— Si c'est pour nous expliquer la disparition des chaussettes dans les sécheuses, c'est trop tard, on le sait déjà, les nargua Thomas.

— Attendez ! s'écria Alex en se lançant aux trousses de Lucifer. Et vous, relevez-vous et cessez de pleurer, espèces de cornichons.

Mais les deux anges se lamentaient de plus belle.

— Libérez-nous et nous vous dirons où se cache Elvis ! Juré !

Avant même que Chéru ait terminé sa phrase, Lucifer avait déjà fait demi-tour et empoigné l'ange par une aile.

— Allez ! Parle ! Vite ! Depuis le temps qu'on se demande où il est passé celui-là.

— Il est au Ceasar's Palace. Au treizième étage. Celui qui n'existe pas. On le trouve d'habitude en compagnie de Marilyn et de James Dean.

Les yeux de Lucifer s'illuminèrent, comme si on venait de diriger sur eux des projecteurs de scène.

— Il y a de ces coïncidences, mes amis ! J'étais justement en répétition pour le spectacle de ce casino de Las Vegas lorsque vous m'avez si brusquement ramené sous terre. J'y retourne ! Salut, ma jolie ! lança Lucifer en se précipitant vers l'alcôve abritant le grand four. Je te confie aux bons soins de mon fidèle Antipatros. Ensemble, vous allez accomplir des merveilles !

— Et nous ? s'affolèrent les deux anges. Vous aviez promis !

— Une promesse de diable, vous savez ce que ça vaut, s'amusa Thomas.

— Attendez ! hurla Alex. Vous ne pouvez pas partir ainsi. Je ne vous ai pas tout dit. Vous vous êtes trompé ! Je ne suis pas… en fait, ce n'est pas moi…

— Rappelle-toi, seul un démon peut faire fonctionner le voxatographe, cria Lucifer en s'enfonçant dans le couloir menant à l'embarcadère.

Un instant hébétée, Alex se retourna vers Antipatros.

— C'est vrai, ça ?

— Nous en avons bien peur. En général, le Calorifique aussi est réservé à l'usage exclusif de la gent démoniaque. Et vous les avez manipulés tous les deux sans mal.

— Vous voulez insinuer que je serais une vraie démone ? Que je serais le successeur de Lucifer ?

— C'est ce qu'il nous semblait depuis le début, Votre Seigneurie, malgré certaines apparences trompeuses, ajouta Antipatros, un mince sourire détendant son visage habituellement de marbre.

— Mais je n'ai pas… commença la fillette qui se ravisa devant le regard soudain préoccupé du suppôt.

— La question de la succession réglée, permettez-nous d'en soulever une autre d'une importance tout aussi capitale, dit Antipatros en inclinant légèrement le buste. Comment allons-nous nous y prendre pour comptabiliser les âmes vendues et données, puisque les voxatographes sont hors d'usage?

— C'est vrai, ça, renchérit Thomas. On dirait qu'ils sont en pièces détachées. On ne pourrait pas les recoller?

— En y mettant beaucoup de temps et de patience, nous pourrions sans doute en sauver quelques-uns, reconnut le suppôt. Ce serait bien insuffisant, cependant, pour accomplir l'énorme charge de travail qui nous est impartie chaque jour. Alors, jeune maîtresse?

L'esprit d'Alex vacillait. C'était une question de trop pour son cerveau où se bousculaient déjà tant d'interrogations. Sans hésiter, elle désigna du doigt le jeune autiste qui jouait avec un cornet de cuivre ramassé sur un bureau.

— Jacob est un véritable ordinateur sur deux pieds. Il enregistre toutes les données qui passent à sa portée. Il s'agirait de trouver une façon de l'intéresser à votre système et vous n'auriez plus besoin de votre équipement remontant au déluge et de cette salle gigantesque.

Antipatros s'inclina respectueusement.

— Une suggestion digne du prince des ténèbres ! Nous vous en remercions ! Vos humbles serviteurs s'attaqueront à la résolution de ce problème sans tarder.

— Je savais que tu ferais une grande Lucifer 666 ! résonna la voix de son prédécesseur sur les murs du corridor menant à l'embarcadère.

L'écho de ses paroles se réverbéra ensuite dans la grande salle jusqu'à ce qu'une détonation se fasse entendre.

— Lucifer 666 !

C'en était trop pour la fillette.

— Tout ce que je demandais, moi, c'était de m'entraîner pour ma compétition, gémit-elle.

Le visage préoccupé d'Antipatros se mit à tourbillonner autour d'elle.

Le plafond de feu apparut ensuite devant ses yeux révulsés.

Ses mains tentèrent en vain de se raccrocher au vide, et elle perdit connaissance.

Profession
démon

Il faisait jour lorsque Alex entrouvrit les yeux. Du mieux qu'elle put en juger à travers ses cils emmêlés, elle se trouvait dans une chambre qui n'était pas la sienne malgré son apparence familière. Elle examina les draps blancs, les murs clairs, toute cette blancheur que rendait éclatante le soleil du matin.

Une infirmière blonde poussa la porte de sa chambre, les bras chargés d'un plateau de plastique. Aussitôt, une bonne odeur de pain rôti se répandit.

— Elle est ré-veillée et en pleine forme, à ce que je vois, s'écria l'infirmière en déposant le pla-teau sur les ge-noux de la fil-lette. Votre mère est ici. Vous pou-vez venir, ma-dame Di Salvo !

Une grande femme bien mise, aux traits légèrement tirés, contourna l'infirmière d'un pas rapide.

— Bonjour, maman ! lança Alex en se pré-cipitant sur l'unique rôtie, tranchée en quatre parts égales, qui trônait sur une assiette de tôle au milieu du plateau.

— Mon bébé ! s'exclama sa mère en l'en-laçant. Tu m'as fait une de ces peurs. Ne re-commence plus jamais…

— Et ne mangez pas trop vite ! Les cal-mants qu'on vous a administrés peuvent causer la nausée, la gronda gentiment la garde-malade.

La mère et la fille s'embrassèrent, sous l'œil attendri de l'infirmière. Lorsqu'elles s'écartèrent finalement l'une de l'autre, la plus jeune avait du rouge à lèvres sur la joue et la plus vieille des miettes de pain dans le cou.

Elles pouffèrent de rire et s'étreignirent de nouveau.

— Le médecin a déjà effectué sa ronde et il t'a trouvée en pleine forme. Tu rentres à la maison, ma chérie.

— Mmchouais ! s'écria Alex, la bouche pleine, en pompant l'air avec ses poings.

L'infirmière crut de son devoir d'intervenir :

— Il faudra surveiller ces bosses, cependant. Elles ne sont pas encore résorbées. Vous avez vu ? indiqua-t-elle, sur un ton enjoué. On a dû vous mettre des pansements parce que des croûtes galeuses commençaient à se former.

Tout en mastiquant, Alex passa une main sur son front et sentit effectivement la présence d'un bandage qui lui encerclait le crâne. Wow ! Comme les blessés dans les films ! Elle serait assurément l'attraction principale au parc de rouli-roulant avec cette tête-là. Tout le monde aurait entendu parler de sa chute, maintenant.

L'infirmière prit les vêtements d'Alex dans l'armoire et les déposa en une petite pile au bout du lit qu'elle couronna du casque de la fillette.

— Il ne faut plus jamais oublier de le porter, dit-elle en agitant un index réprobateur. On ne veut plus vous revoir ici !

— Je m'en occupe, ne vous inquiétez pas, murmura la mère d'Alex en passant un bras autour des épaules de sa fille.

L'infirmière fit demi-tour et se dirigea vers la sortie d'un pas rapide.

— Je vous laisse finir votre repas. L'hôpital est quelque peu sens dessus dessous ce matin. C'est à croire que mes collègues du quart de nuit ont roupillé au lieu de travailler.

Alex repoussa son plateau et croisa les bras, sur la défensive. À n'en pas douter, les embrassades maintenant terminées, elle allait devoir subir un nouveau sermon sur les multiples dangers de la planche à roulettes.

— C'est à cause de Spike, commença-t-elle, prudente.

Mme Di Salvo fronça les sourcils.

— Tu sais que je n'aime pas du tout le genre des jeunes qui fréquentent ce parc de rouli-roulant. Depuis le temps que je me tue à t'expliquer que ce n'est pas la place d'une jeune fille de douze ans.

— Il m'avait énervée et… et j'ai perdu la tête, s'emporta la rouquine.

— Et tu as failli te la casser, ajouta sa mère en lui prenant la main avec douceur. Je me suis fait du mauvais sang toute la nuit, poursuivit-elle, émue. Ils auraient dû me laisser dormir à côté de ton lit d'hôpital… Dans notre maison vide, j'avais l'impression de t'entendre à tout moment. J'ai même cru discerner des éclats de voix en provenance de ta chambre au milieu de la nuit. Pas facile tout ça, pour un cœur de mère.

La fillette haussa un sourcil, intriguée.

— Tu dois me promettre que c'en est fini de la planche à roulettes, insistait la mère d'Alex.

Du coin de l'œil, la rouquine aperçut avec émotion sa planche à roulettes jaune vif qui semblait l'inviter du fond de l'armoire.

— Mais je ne peux pas, maman ! plaida Alex. On a une compétition à gagner, ma planche et moi !

— Ça m'étonnerait ! s'exclama l'infir-mière en ouvrant à nouveau la porte de la chambre d'une ruade. Le médecin a prescrit un repos complet pendant une semaine.

— Excellent ! approuva la mère d'Alex en lui expédiant un clin d'œil qui aurait pu se traduire par : merci de votre aide, mademoiselle.

— Une semaine ? Mais la compétition a lieu dans quelques heures ! glapit Alex, catastrophée.

L'infirmière récupéra le plateau contenant les restes du repas d'Alex.

— Je vous suggère le Parcheesi, dit-elle sur un ton joyeux. Pour passer le temps, c'est l'idéal. Et il y a toujours les cahiers à colorier, au besoin.

Alex se tourna vers sa mère qui la regardait avec un sourire bienveillant.

La fillette baissa rapidement la tête pour cacher une formidable grimace.

Quel cauchemar !

* * *

— Plus haut ! N'oublie pas !
— Je n'oublie pas, Sam. Je n'oublie pas.
— Il te faut un bon élan et plie tes jambes lorsque tu seras dans les airs. Et assure-toi que

ton casque est bien attaché. Ta mère ne te le pardonnera jamais.

La fillette rajusta la sangle de la courroie de son casque avec nervosité. Elle se demandait combien de temps sa mère mettrait à découvrir que sa convalescente de fille s'était enfuie et, surtout, quelle serait sa réaction. Alex s'imaginait déjà ramenée à la maison se faisant tirer par une oreille au milieu d'un concert de rires !

C'est donc avec beaucoup d'appréhension que la rouquine retrouvait son parc de rouli-roulant. En plus, c'était la première fois qu'elle remontait sur sa planche depuis son accident. Serait-elle à la hauteur ?

— Et n'oublie pas…

— Je sais. Je sais, le coupa Alex. Je suis la meilleure acrobate que tu connaisses, mais encore faut-il que je m'élève suffisamment.

Le gros garçon, qui avait depuis longtemps noté l'état de grande nervosité qui affectait sa copine, se contenta d'un petit salut de la main.

La fillette grimpa sur la rampe sans trop se formaliser des ricanements des autres concurrents, tous des garçons et tous plus âgés qu'elle. Elle avait presque toujours droit à cet accueil.

Le grand Spike, terreur désignée du parc de rouli-roulant, terminait un parcours sans faute dans la demi-lune, pendant que les haut-parleurs crachaient un rock plus bruyant que musical. Alex ressentit un pincement de jalousie en observant la performance de l'adolescent aux sourcils chargés d'anneaux. Tout y était : vélocité, style original et agressif et, surtout, amplitude des sauts.

— Alors, la fillette en couche-culotte n'a pas eu sa leçon, lança Spike en atterrissant en bordure de la rampe sous les applaudissements et les cris de ses supporteurs. Tu ne sais pas qu'on peut se faire bobo en jouant dans la cour des grands. Tu n'es pas assez humiliée ? En veux-tu plus ? Regarde !

On venait d'afficher 9,8 sur deux grands cartons blancs servant de tableau indicateur.

— Pour ton information, c'est la note la plus haute jusqu'ici. Je suis donc déjà assuré du trophée, puisqu'il ne reste que toi comme concurrente, persifla Spike, en soulevant sa planche jusqu'à sa main d'un adroit coup de pied.

Alex rougit de rage jusqu'à la racine de ses cheveux devenus presque incandescents sous son casque.

Mais cette fois-ci, elle attendit le signal du starter avant de s'élancer dans la demi-lune.

Aussitôt, la fillette sentit que quelque chose était différent. Elle glissait avec plus d'aisance, comme si ses roues se contentaient d'effleurer doucement la rampe. Encouragée, Alex s'arc-bouta dans le creux de la demi-lune pour se donner plus d'aérodynamisme. Sa remontée fut fulgurante. Elle émergea en tournoyant et se mit à grimper vers le ciel.

Les « oh ! » et les « ah ! » des spectateurs lui parvinrent au travers du tapage des haut-parleurs.

« Qu'est-ce qui m'arrive ? s'étonna la rouquine. Je n'ai jamais sauté aussi haut de toute ma vie. »

Un peu paniquée, elle s'accrocha à sa planche juste au moment où son ascension atteignait son apogée. Un instant suspendue dans les airs, la fillette en profita pour effectuer une pirouette arrière, puis une autre en redescendant et

encore une autre juste avant de réintégrer la demi-lune…

« Formidable ! » hurla Sam lorsque la planche à roulettes de son amie reprit contact avec la rampe pour une nouvelle descente. Son deuxième saut, assorti de tonneaux et de twists, eut autant d'altitude. Enivrée par son succès, Alex termina son extraordinaire parcours par une série de flips endiablés, sous les acclamations de la foule, et même de certains membres de la bande de Spike.

Sam l'accueillit au pied de la rampe en la prenant par la taille et en la soulevant de terre. L'organisateur de la compétition les rejoignit presque aussitôt en brandissant le trophée du meilleur acrobate, puisque Alex venait de mériter le score parfait de 10.

— Incroyable ! Quelle hauteur ! On aurait cru que tu avais des ailes, se pâmait Sam.

Au milieu de toute cette agitation, Alex aperçut le grand Spike, pâle comme un linge, qui redescendait de la rampe tel un somnambule. Son regard restait verrouillé dans le vide, on avait l'impression qu'il contemplait l'inadmissible, le scientifiquement impossible.

Alex non plus n'arrivait pas à expliquer totalement sa performance. Elle se savait bonne acrobate, originale et créative, mais elle avait roulé et volé comme jamais. Une véritable descente de rêve.

— Qu'est-ce que tu as dit, Sam?

— Moi? Rien. Euh, je crois que j'ai dit: «C'est comme si tu avais des ailes.»

— C'est bien ce que je croyais, constata-t-elle en se retournant vivement. Antipatros et Asmodée ont bien mentionné que dans certains cas les ailes étaient invisibles, marmonna Alex en agitant les bras dans son dos comme si elle tentait de se tâter la colonne vertébrale.

— Qui a dit ça? Et qu'est-ce qui est invisible? bégaya Sam, maintenant préoccupé par les bizarreries de son amie.

Alex ne répondit pas, même si sa bouche était grande ouverte. L'extrémité de ses doigts venait de rencontrer du solide. On aurait dit que deux excroissances charnues prenaient naissance au point de jonction entre ses omoplates. Des deux mains, la fillette se mit à se palper le dos avec frénésie. C'était bien ce

qu'elle craignait : ces protubérances étaient pro-
longées par des membranes lisses aussi larges
que son dos.

La rouquine laissa ses bras retomber mol-
lement de chaque côté de son corps vacillant.
La tête lui tournait. Elle avait de la difficulté à
respirer. Elle dut s'asseoir pour ne pas tomber.

— Est-ce que ça va, Alex ? s'inquiéta son
ami Sam.

Non, ça n'allait pas du tout. Elle avait des
ailes ! Invisibles, mais parfaitement réelles.

Il n'y avait plus d'erreur possible. Elle
était bel et bien démone, succube et sans aucun doute le six cent soixante-sixième Lucifer
appelé à régner sur la section comptable des
enfers.

Le pire, c'est que...

La fillette se releva vivement et plaqua ses
mains sur le haut de ses fesses, ce qui s'avérait,
par le fait même, être le bas de son dos.

Ses doigts rencontrèrent une nouvelle ex-
croissance de chair.

Quelle horreur !

— NOOOOOOONNNNN ! s'écria Alex en
reculant.

Son talon buta sur un objet mou et elle faillit tomber à la renverse.

Il s'agissait de l'extrémité du soulier impeccablement verni d'un grand monsieur bien mis qui soulevait son chapeau melon en inclinant le buste.

— Veuillez accepter les félicitations empressées de mes collègues suppôts. Malgré nos réticences, nous avons été bien avisés de vous permettre de participer à cette singulière compétition.

— Antipatros ! bredouilla la rouquine qui restait blanche comme un drap d'hôpital.

— Profitant de ce que vous étiez évanouie, nous nous sommes personnellement permis de vous ramener dans votre lit d'hôpital avant le changement de quart.

Le grand homme distingué lui offrit alors son long bras.

— Prête pour une nouvelle descente aux enfers ?

Le regard d'Alex alternait entre le suppôt et son copain Sam qui les fixait, bouche bée.

— Nous vous conseillons respectueusement de vous dépêcher. Nous éprouvons de graves problèmes sous terre ! ajouta-t-il à voix basse.

Les sourcils de la fillette adoptèrent la forme d'un accent circonflexe.

— Bébhel fait encore des siennes ? demanda-t-elle, visiblement intéressée.

— Pire. Un usurpateur s'est emparé de votre trône !

— QUOI ?

Table des matières

Achevé d'imprimer
sur les presses de AGMV Marquis